中國新聞史研究輯刊

初 編

主編 方 漢 奇

副主編 王潤澤、程曼麗

第 10 冊

臺灣媒體對大陸形象的建構
（2000～2006）

司崢鳴 著

花木蘭文化出版社

國家圖書館出版品預行編目資料

臺灣媒體對大陸形象的建構（2000～2006）／司崢鳴 著 — 初
版 — 新北市：花木蘭文化出版社，2013〔民 102〕
目 2+142 面；19×26 公分
（中國新聞史研究輯刊 初編：第 10 冊）
ISBN：978-986-322-301-6（精裝）
1. 新聞業　2. 臺灣　3. 中國
890.9208　　　　　　　　　　　　　　　　102012311

ISBN-978-986-322-301-6

9 789863 223016

中國新聞史研究輯刊
初　編　第　十　冊　　　　　　ISBN：978-986-322-301-6

臺灣媒體對大陸形象的建構（2000～2006）

作　　　者　司崢鳴
主　　　編　方漢奇
副 主 編　王潤澤、程曼麗
總 編 輯　杜潔祥
出　　　版　花木蘭文化出版社
發 行 所　花木蘭文化出版社
發 行 人　高小娟
聯絡地址　235 新北市中和區中安街七二號十三樓
　　　　　電話：02-2923-1455／傳眞：02-2923-1452
網　　　址　http://www.huamulan.tw 信箱 sut81518@gmail.com
印　　　刷　普羅文化出版廣告事業
初　　　版　2013 年 9 月
定　　　價　初編 12 冊（精裝）新台幣 20,000 元

臺灣媒體對大陸形象的建構
（2000～2006）

司崢鳴　著

作者簡介

司崢鳴，女，漢族，1975 年出生，黑龍江人，文學博士，現任教於哈爾濱工業大學。2002
年開始從事新聞傳播學研究，主要從事媒介文化和新聞傳播實務研究。近年來以數字媒體
為主要研究對象，一直致力於從人文與技術的交叉視角，進行媒介形態演變、受眾接受和
媒介文化發展的研究，尤其對於特定受眾群體的媒介訴求與媒體發展、媒介文化傳播的多
維關係，以及數字媒體技術與影像藝術形態設計的跨學科研究獨具特色。在數字媒介技術
與文化研究方面有所收穫，發表論文近 20 篇，主持與參加國家、省部級項目 14 項。

提　　要

　　本書以臺灣媒體對大陸新聞報導為樣本，考察其建構中國大陸形象的媒介情形。在建
構的過程中，「他者」與「自我」的概念起著重要的作用。一種「他者」形象的話語形式一
經建立便被不斷重複和強化，成為臺灣社會生活中一種根深蒂固的「觀念」或「看法」。這
種「觀念」或「看法」也成為一種參照物，想像和創造中國的同時也言說其自身。在兩相
觀照的過程中，尋找身份認同的歸屬。

　　臺灣媒體對大陸形象建構的敘事表現。根據內容分析研究統計顯示，臺灣媒體對大陸
形象建構的報導主題多以兩岸新聞、外交新聞、經濟新聞為臺灣媒體報導大陸新聞最常運
用的三項報導主題，教育、災難救助、自然生態環保氣候則是報導較少的主題；在消息來
源上偏向政府機構政府官員、媒介、專家專業人士，如進一步將其按照區域合併，大陸、
臺灣、外國消息來源所占比例並無太大差異；在新聞報導方式方面，四家媒體多採純淨新
聞報導方式，在非純淨新聞報導方式則是以社論或評論、特寫與訪問形式較多；在新聞報
導態度取向上，四家媒體同樣以中立報導為最多；在新聞報導訴求方式上，利益訴求為報
導焦點，其次為恐懼訴求，第三為一般訴求，情感訴求所占比例最少。大陸政治、經濟、
安全和社會形象的議題表現構成大陸整體的「中國印象」。

　　本書以一種建構主義觀點為基礎，從新聞文本的框架分析入手，考察臺灣媒體對大陸
形象的建構具有何種框架特徵以及隱含的意識形態。在臺灣媒體對大陸形象建構的過程中，
新聞的核心意義是透過不同框架加以「選擇」與「重組」，即有選擇性地處理新聞內容的若
干細節、也排除了某些部份，選擇與重組機制可能發生於框架的任一層次之中。自我認同
話語的媒體論述、危機話語的媒介再現是臺灣媒體對大陸形象建構的策略。

　　臺灣媒體與政治力量、經濟利益、媒體意識形態以及兩岸法令管制等因素的相互影響，
貫穿在臺灣媒體報導的具體實踐中，是制約大陸形象建構的主導因素。

《中國新聞史研究輯刊》總序

　　新聞史是一門科學，是一門考察和研究新聞事業發生發展歷史及其衍變規律的科學。它和新聞理論、新聞業務一樣，都是新聞學的重要組成部分。新聞史又是一門歷史的科學。屬於文化史的範疇，是文化史的重要組成部分。由於新聞事業的特殊性，新聞史的研究和各時期的政治、經濟、文化都有著緊密的聯繫。

　　在中國，近代以來的重大政治運動，和文化史上的許多重大事件，都和當時的新聞事業有著密切的聯繫。從戊戌維新到辛亥革命，每一次重大的政治活動都離不開媒體的宣傳和鼓吹。近代歷史上的幾次大的思想啓蒙運動，哲學和文學領域的幾次大的論戰，新文化運動的誕生和發展，各種文學流派的形成及其代表作品的問世，著名作家、表演藝術家的嶄露頭角和得到社會承認，以及某些科學文化知識的普及和傳播，也都無不和報刊的參與，有著密切的聯繫。各時期的經濟的發展，也有賴於媒體在輿論上的醞釀、推動和支持。

　　新聞史，從宏觀的角度來說，需要研究的是整個人類新聞傳播活動的歷史。從微觀的角度來說，則是要研究一個國家、一個地區、一個時代、一個時期、一類報刊、一類報人，乃至於具體到某一家報刊、某一個報刊工作者和某一個重大新聞事件的歷史。研究到近代以來的新聞史的時候，則還要兼及通訊社、廣播電臺、電視臺和各種現代化新聞傳播機構和新聞傳播手段發生發展的歷史。

　　對於中國的新聞史研究工作者來說，需要著重研究的是中國新聞事業發生發展的歷史。中國是世界上最先有報紙和最先有印刷報紙的國家，中國有

將近 1300 年的封建王朝辦報的歷史，有 1000 多年民間辦報活動的歷史，有近 200 年外國人來華辦報的歷史。曾經先後湧現過數以千萬計的報刊、通訊社、廣播電臺、電視臺和各種各樣的新媒體，以及數以千百計的傑出的新聞工作者，有過幾百次大小不等的有影響的和媒體及報人有關的重大事件。這些都是中國新聞史需要認真研究的物件。由於中國的新聞事業歷史悠久、源遠流長，中國的新聞史因此有著異常豐富的內容，這是世界上任何國家的新聞史都無法比擬的。

在中國，新聞史的研究，已經有一百年以上的歷史。1873 年《申報》上發表的專論《論中國京報異於外國新報》和 1901 年《清議報》上發表的梁啓超的《中國各報存佚表序》，就是我國研究新聞事業歷史的最早的篇什。至於新聞史的專著，則以姚公鶴寫的《上海報紙小史》為最早，從 1917 年姚書的出版到現在，中國新聞史的研究經歷了以下三個時期。

第一個時期，是 1917 年至 1949 年。這一時期出版的各種類型的新聞史專著不下 50 種。其中屬於通史方面的代表作，有戈公振的《中國報學史》、黃天鵬的《中國的新聞事業》、蔣國珍的《中國新聞發達史》、趙君豪的《中國近代之報業》等。屬於地方新聞史的代表作，有姚公鶴的《上海報紙小史》、項士元的《浙江新聞史》、胡道靜的《上海新聞事業之史的發展》、蔡寄鷗的《武漢新聞史》、長白山人的《北京報紙小史》(收入《新聞學集成》)等。屬於新聞史文集方面的代表作，有孫玉聲的《報海前塵錄》、胡道靜的《新聞史上的新時代》等。屬於新聞史人物研究方面的代表作，有張靜廬的《中國的新聞記者》、黃天鵬的《新聞記者外史》、趙君豪的《上海報人的奮鬥》等。屬於新聞史某一個方面的專著，則有趙敏恒的《外人在華新聞事業》、林語堂的《中國輿論史》、如來生的《中國廣告事業史》和吳憲增的《中國新聞教育史》等。在這一時期出版的新聞史專著中，以戈公振的《中國報學史》影響最大。這部新聞史專著根據作者親自搜訪到的大量第一手材料，系統全面地介紹和論述了中國新聞事業發生發展的歷史，材料豐富，考訂精詳，是中國新聞史研究的奠基之作。至今在新聞史研究工作中，仍然有很大參考價值。其餘的專著，彙集了某一個地區、某一個時期、某一個方面的新聞史方面的材料，也都各有一定的參考價值。

第二個時期，是 1949 至 1978 年。這一時期海峽兩岸的新聞史研究工作都有長足的發展。大陸方面，重點在中共報刊史的研究。其代表作是 1959 年

由中國人民大學新聞系編印出版的《中國現代報刊史》講義，和 1962 年由復旦大學新聞系編印出版的《中國新民主主義革命時期新聞事業史講義》。此外，這一時期還出版了一批帶有資料性質的新聞史參考用書，如人民出版社出版的《五四時期期刊介紹》，潘梓年等撰寫的《新華日報的回憶》，張靜廬編輯的《中國近代出版史料》和《中國現代出版史料》，阿英的《晚清文藝報刊述略》和徐忍寒輯錄的《申報七十七年史料》等。與此同時，一些新聞業務刊物和文史刊物上也發表了一大批有關新聞史的文章。其中如李龍牧所寫的有關《新青年》歷史的文章，丁樹奇所寫的有關《嚮導》歷史的文章，王芸生、曹穀冰合寫的有關《大公報》歷史的文章，吳範寰所寫的有關《世界日報》歷史的文章等，都有一定的影響。這一時期臺港兩地的新聞史研究，在 1949 年前後來自大陸的中老新聞史學者的帶動下，開展得較爲蓬勃。30 年間陸續出版的中外新聞史著作，近 80 種。其中主要的有曾虛白、李瞻等分別擔任主編的同名的兩部《中國新聞史》，賴光臨的《中國新聞傳播史》、《七十年中國報業史》、《梁啓超與近代報業》和《中國近代報人與報業》，朱傳譽的《先秦傳播事業概要》、《宋代新聞史》、《報人報史報學》，陳紀瀅的《報人張季鸞》，馮愛群的《華僑報業史》和林友蘭的《香港報業發達史》等等。此外，臺灣出版的《報學週刊》、《報學半年刊》、《記者通訊》等新聞學刊物上，也刊有不少有關新聞史的文章。一般地說，臺港兩地這一時期出版的上述專著，在中國古代新聞史和海外華僑新聞史的研究上，有較高的造詣，可以補同時期大陸新聞史學者的不足。在個別近代報刊報人和有關港臺地區報紙歷史的研究上，由於掌握了較多的材料，也給大陸的新聞史學者，提供了不少參考和借鑒

　　第三個時期，是 1978 年到現在大約 30 多年的一段時期。這是中國大陸新聞史研究工作空前繁榮的一段時期。原因有以下幾點：一是隨著政治和經濟上的改革開放，和「實踐是檢驗真理的唯一標準」的討論，前一階段的「左」的思想影響逐步削弱，能夠辯證的看待新聞史上的報刊、人物和事件，打破了許多研究的禁區。二是隨著這一時期新聞傳播事業的迅猛發展，新聞教育事業受到高度重視，大陸各高校設置的和新聞傳播有關的院、系、專業之類的教學點已超過 600 個。在這些教學點中，中國新聞史通常被安排爲必修課程，因而湧現了一大批在這些教學點中從事教學工作的新聞史教學研究工作者。三是上個世紀 80 年代以後，各省市史志的編寫工作紛紛上馬，這些史志

中通常都設有報刊、廣播、電視等媒體的專志，有一大批從一線退下來的老新聞工作者，從事這一類地方新聞史志的編寫工作，因而擴大了新聞史研究工作者的隊伍，豐富和充實了新聞史研究的成果。四是改革開放打破了前 30 年自我封閉的格局。海內外、國內外、境內外和兩岸三地的人際交流，學術交流，資訊交流日益頻繁。為中國新聞史的研究提供了有利的條件。1992 年中國新聞史學會的成立，和下屬的「新聞傳播教育史」、「外國新聞傳播史」、「網路傳播史」、「少數民族新聞傳播史」、「臺灣與東南亞新聞傳播史」等分會的成立，和該會會刊《新聞春秋》的創刊，也對新聞史研究隊伍的整合與交流起了很大的推動作用。到本世紀的第一個十年，中國大陸的新聞史教學研究工作者已經由前一個時期的不到數十人，發展到數百人。陸續出版的新聞史教材、教學參考資料和專著，如李龍牧的《中國新聞事業史稿》、方漢奇的《中國近代報刊史》、50 位新聞史學者合作完成的《中國新聞事業通史》（三卷本）、胡太春的《中國近代新聞思想史》、徐培汀的《中國新聞傳播學說史（1949-2005）》、韓辛茹的《新華日報史》、王敬等的《延安解放日報史》、張友鸞等的《世界日報興衰史》、尹韻公的《中國明代新聞傳播史》、郭鎮之的《中國電視史》、曾建雄的《中國新聞評論發展史》、程曼麗的《蜜蜂華報研究》、馬光仁等的《上海新聞史》、龐榮棣的《史量才傳》、白潤生等的《中國少數民族新聞傳播通史》（上、下）、吳廷俊的《新記大公報史稿》和《中國新聞史新修》、陳玉申的《晚清報業史》，鐘沛璋的《當代中國的新聞事業》等，累計已超過 100 種。其中有通史，有編年史，有斷代史，有個別新聞媒體的專史，也有新聞界人物的傳記。與此同時，還出現了一批像《新聞研究資料》、《新聞界人物》、《新華社史料》、《天津新聞史料》、《武漢新聞史料》等這樣一些「以新聞史料和新聞史料研究為主」的定期和不定期的新聞史專業刊物。所刊文章的字數以千萬計。使大陸新聞史的研究達到了空前的高潮。這一時期臺港澳的新聞史研究也有一定的發展。李瞻的《中國新聞史》、賴光臨的《中國新聞傳播史》和《七十年中國報業史》、朱傳譽的《中國新聞事業論集》、陳孟堅的《民報與辛亥革命》、王天濱的《臺灣報業史》和《臺灣新聞傳播史》、李穀城的《香港中文報業發展史》、《香港〈中國旬報〉研究》等是其中的有代表性的專著。但受海歸學者偏重傳播學理論和實證研究的影響，新聞史研究者的隊伍有逐步縮小的趨勢。值得提出的，是這一時期海外華裔學者從事中國新聞史研究的也大有人在。其傑出的代表，是現在北京大

學任教的新加坡籍的卓南生教授。他所著的《中國近代報業發展史》，有中文、日文兩種版本，也出版在這一時期，彌補了大陸學者研究的許多空白，堪稱是一部力作。

和臺港澳新聞史研究的情況相比，中國大陸的新聞史研究，目前仍處在蓬勃發展的階段。爲適應新聞事業迅猛發展的需要，上個世紀 80 年代以來，大陸各高校新聞教學點的數量有了很大的發展，檔次也有了很大的提高。師資隊伍出現了極大的缺口。爲適應形勢發展的需要，幾個重點高校紛紛開設師資培訓班，爲各高校新聞院系輸送新聞史論方面的教學骨幹。稍後又大力發展研究生教育，設置新聞學、傳播學的碩士點和博士點，招收攻讀新聞史方向的研究生。到本世紀的第一個十年，擁有博士學位和博士後學歷的中青年新聞史學者已經數以百計。這些中青年學者，大都在高校和上述 600 多個新聞專業教學點從事新聞史的教學研究工作。他們和在中國社會科學院新聞學研究所和各省市社科院新聞所從事新聞史研究的中青年研究人員以及老一代的新聞史學者一道，構建了一支老中青結合的學術梯隊，形成了一支數以百計的新聞史研究隊伍，不斷的爲新聞史的研究提供新的成果。其中有不少開拓較深，頗具卓識，塡補了前人的學術研究的空白。

收入《中國新聞史研究叢書》的這些專著，就是從後一時期近 20 年來中國大陸中青年新聞史學者的眾多研究成果中篩選出來的。既有宏觀的階段性的歷史敘事和總結，也有關於個別媒體、個別報人和重大新聞史事件的個案研究。其中有一些是以他們的博士論文爲基礎，增益刪改完成的。有的則是作者們自出機杼的專著。內容涉及近現當代中國新聞事業歷史的方方面面，既反映了中國大陸改革開放以來新聞史研究蝶舞蜂喧花團錦簇的繁榮景象，展示了中青年學者們的豐碩研究成果，也爲中國新聞史研究的進一步發展，提供了不少參考和借鑒。把它們有選擇的彙集起來，分輯出版，體現了花木蘭文化出版社在推動新聞史學術發展和海內外以及兩岸學術交流方面的遠見卓識，我樂觀厥成，爰爲之序。

方漢奇

2013 年 4 月 30 日

（序的作者爲中國人民大學榮譽一級教授，北京大學新聞學研究會學術總顧問，中國新聞史學會創會會長。）

目
次

導　論

一、問題的提出

　　同一個歷史、同一種文化、同一種語言；兩個不同制度、不同地理位置、不同思想體系，這樣特殊的歧異性及歷史的選擇性，使得兩岸產生複雜而難解的問題。兩岸雖只一灣淺淺的海峽相離，卻因時代造成「比鄰若天涯」的境況，現雖是「春暖盼花開」，但兩岸長期在不同的政治、經濟體制與特殊的歷史、地理、國際關係等因素的交互影響下，卻存有不同的國際觀與歷史觀，即而孕育出複雜的認同感。

　　對於臺灣民眾來說，「中國」恐怕從來都不是一個明確的實體，它的龐大和複雜使親身體驗到它的存在的人來說，也只能觸摸到它的一個微小的局部，因而它的整體形象無法建立在某一個人的經驗基礎上。臺灣民眾的「中國」來源於臺灣媒體對「中國」的報導敘事，這些數量龐大的新聞敘事來源於完全不同的視角，形成千差萬別的敘事策略，使建構在此基礎之上的「中國形象」變幻不定。在「中國形象」建構的過程中，「他者」與「自我」的概念發揮重要的作用。一種他者形象的話語形式一經建立便被不斷重複和強化，成為臺灣社會生活中一種根深蒂固的「觀念」和「看法」。這種「觀念」和「看法」自然地也成為一種參照物，想像和創造「中國」的同時也言說其自身的歷史與當下，這種對自我認同的尋求與省思的過程，必然在「他者」的塑造中得以體現。

　　民族在精神上的統一，基於對過去共同的歷史記憶，生活在一起的想法，

及倚望將存在的遺產延續下去。〔註1〕中華民族的共同記憶一直是維繫兩岸同胞情感，實現民族復興的關鍵所在。儘管今日的臺灣社會彌漫著紛繁的政治躁動，對國家認同模糊而矛盾，「認同中國文化者當中，傾向一統於大陸者有之，傾向於『中華民國』以維持現狀者有之，傾向於『泛綠』甚至支持『臺獨』者有之，認同臺灣所謂『本土文化』者當中，傾向於維持現狀者有之，傾向於『臺獨』者自然也有。〔註2〕不同的文化身分亦尋找代表發言的聲音與姿態，複雜而糾結的文化認同難以擺脫政經的干擾，但有一個事實卻無法釋懷——「中國人是一個不容置疑的身份」。海峽兩岸人民是炎黃子孫手足同胞，臺灣與大陸無法切斷與「中國」在文化上、血緣上「同文同種」的情緣。即使李登輝說大陸是「歹厝邊」，卻不得不承認臺灣人是「中國人移民」的後裔。〔註3〕

「中國」、「臺灣」成為一再被掏空而重新填充的符號，也成為藉以思索文化身分的迷思。「攤開一張世界全圖，我們立足的島國會長大？還是會縮小？島嶼會不會伸長手臂，像半島一樣的攀連上大陸？地殼會不會壓擠變化，導致島嶼永遠的飄離走遠？」〔註4〕臺灣作家平路這段圖象式的描述，巧妙而細膩地反映了臺灣與大陸的微妙關係，而這種「微妙關係」的新聞再現，自然而然地成為臺灣媒體為臺灣民眾認知兩岸、認知中國、認知自身所提供的簡單、易近的管道和手段。而在此過程中，正是「文化相近性」和「文化挪移」的概念，促使臺灣媒體以更加潛移默化的方式建構「大陸觀」，以一連串的媒體符碼建構中國印象。

小說、報紙與電子媒體是構成人民想像的主要來源。〔註5〕1987 年 11 月，臺灣解嚴開放，允許民眾赴大陸探親，打破長達四十餘年的隔閡，兩岸進入前所未有的交流層面。從現實情況來看，雖然兩岸交流日漸頻繁，但是相對於全臺灣 2300 萬人口來講，能夠直接接觸大陸的人和事的機會還是相當有限，一些短期的旅遊探親也只能形成表面化的印象和觀感。在無法親身參與

〔註1〕 Bhabha, H. K.（1990）. Nation and Narration. New York：Routledge.

〔註2〕 朱全斌（1998.1）：《由年齡、族群變項看臺灣民眾的國家及文化認同》；《新聞學研究》。

〔註3〕 施正鋒（2001）：《臺灣人的國家認同》；《國家認同論文集》；臺北：稻鄉出版社。

〔註4〕 平路（1995）：《我對臺灣文學的看法》；《文訊月刊》，頁 52～55。

〔註5〕 （美）本尼迪克特・安德森著（Benedict, Anderson）（2005）：《想像的共同體：民族主義的起源與散佈》；吳叡人譯；上海：上海人民出版社。

瞭解的情況下，臺灣民眾依賴媒體報導來「想像」大陸形象，進而形成對大陸的意見與態度。在臺灣本地進行的多項調查結果也顯示，媒體是臺灣民眾獲得大陸信息的主要渠道。

臺灣的一些知名報紙開設專版報導大陸新聞，這些報導不斷地促進官方和民眾對大陸的溝通與瞭解。雖然「大陸新聞版」不乏存有負面報導，但是祖國錦繡山河自然壯美、經濟改革蓬勃發展的客觀報導讓島內民眾「近鄉情更怯」的難捨鄉情，不再是「不敢問來人」，而是有了一份尋根寄託所在。這些新聞報導為臺灣民眾對另一個不同制度且隔離了 40 年的社會提供了親身體驗的機會，大陸新聞報導自然成為臺灣民眾關注的主要對象。媒體在兩岸交流上扮演了新聞報導、兩岸對話、直接參與及整合民意的角色。〔註6〕但是，對於一些臺灣媒體所報導的新聞「真實」性問題，兩岸研究者們卻抱持疑問。對於大陸新聞的報導信息，閱聽人大多是來自於大眾傳播媒介管道，但是新聞報導的內容結果，往往與事實之間有某種程度上的差異，並且新聞本質是經過他人報導的信息而來，與個人的親身經驗會有所不同。〔註7〕最應扮演兩岸溝通橋梁角色的臺灣媒體，對兩岸交流起了一定程度的推動作用，但在長期反共教育的主流價值所構成的意識型態下，並未完全呈現大陸的真實面貌，甚至有所扭曲或誤解。〔註8〕從這些研究中我們可以確認，臺灣媒體對大陸的報導，是為本地受眾建構著關於對方的擬態環境，藉由傳播媒介來達到彼此的認同，從這個意義上講，傳播媒介所傳達的信息是否如實地反映真實至關重要。新聞報導強調事實的報導，從新聞報導著手，可以細緻地捕捉語言和事實建構之間的關係，並且可以掌握新聞中的事實本質、有助於探究事實報導中複雜微妙的深層意義。因此，我們必須檢視臺灣媒體報導大陸新聞議題的呈現方式，以及由此帶來的大陸形象的媒介再現問題。

1、從大眾傳播功能角度而言

古希臘思想家柏拉圖（Plato）曾以「無知之幕」的洞穴預言，深刻揭示出人類與真實世界的關係，以及「局限的真實」對人們真實認知的影響。在現代

〔註 6〕俞雨霖（1992）:《民間媒體在兩岸交流中之角色分析》;《東亞季刊》。
〔註 7〕鍾蔚文（1992）:《從媒介真實到主觀真實》;臺北:正中書局，頁 1～9。
〔註 8〕中華民國新聞評議委員會（1996）:《媒體如何採訪報導大陸新聞》;臺北:新聞評議會，頁 63～64;俞雨霖（1992）:《民間媒體在兩岸交流中之角色分析》;《東亞季刊》，頁 23～24。

社會，除了憑藉個人親身經驗及人際傳播的方法外，人們便是通過大眾傳播媒介來認識外界事物。美國政論家沃爾特・李普曼（Walter Lippmann）在其經典著作《輿論學》（Public Opinion）中指出大眾傳播媒介對於人們形成公共事務認知、瞭解外在世界的重要性。由於外在世界過於複雜，以致一般民眾無法僅靠單薄的個人經驗來理解，而必須仰賴大眾傳播媒介來吸收信息，塑造個人「腦海中的圖象」。〔註9〕學者阿多尼和曼恩（Ganna Adoni & Sherill Mane）更是直接運用「客觀眞實」（objective reality）、「符號眞實」（symbolic reality）、「主觀眞實」（subjective reality）〔註10〕這三組概念來解釋說明「媒介如何建構社會現實」的問題。大眾傳播媒介通過傳達信息，提示外部環境變化而結構出一個符號化的信息環境，人們的認識是通過媒介所塑造的擬態環境（pseudo environment）來對現實的社會環境作出調整，擬態環境不只是靜態的符號文本，它也處於動態的建構中。在傳播過程中有諸多因素的介入，使得外部眞實世界與人們腦海中的圖象總是存在著某種程度的差距。因此，傳播訊息建構的「社會眞實」，爲人們提供一種「世界觀」的框架，而人們日積月累地依據媒介所提供的參考框架來闡釋社會現象與事實。即媒介所建構的社會眞實及世界觀，告訴受眾什麼是社會上所贊同或認可的規範、信仰與價值，人們受到這一套「定義」或「解釋」的約束乃盡量從眾，遷就社會文化所認同的行爲。〔註11〕簡言之，傳播媒介訊息在形象塑造上的影響效果，不僅對社會文化有著向導作用，也對各團體成員賦予角色界定，發揮長期而深化的效果。通過臺灣媒體對大陸形象的建構的分析，有利於清晰地認知媒介內容如何塑造媒介形象，更有利於知曉大眾傳媒也是意識形態的再製造者、價值觀的產製者，從中探究新聞傳播媒介所隱含的相當明顯而明確的意涵。

2、對學界而言

在新聞傳播的實踐與理論研究方面，自兩岸分隔以來，學術界以不同的事件對象、宣傳策略、媒介組織、記者素養等多元角度進行互動的新聞研究，試圖通過多樣的研究成果，尋找影響兩岸呈現對岸新聞同異性的因素。這些

〔註9〕 （美）沃爾特・李普曼（W. Lippmann）（1989）：《輿論學》；林珊譯；北京：華夏出版社。

〔註10〕 Adoni, H. &Mane, S.（1984). Media and Social Construction of Reality：Toward an Integration of the theory and research.communication research；Vol.11.

〔註11〕 李金銓（1984）：《大眾傳播理論》；臺北：三民書局。

研究對兩岸新聞傳播發展與交流乃至兩岸關係的發展方面，增強了進一步的交流瞭解，並提供可資借鑒的經驗，以期制定相關政策。綜觀相關的研究成果，有關臺灣媒體的大陸新聞報導的研究一般有以下三種情況：1、以新聞實務角度經驗性的總結探討。研究內容以整體或具體的實務角度進行評論、分析媒體的報導經驗。如《臺灣媒體的大陸新聞及其報導隊伍》〔註12〕、《十年走一步 熱情依舊 尷尬依舊》〔註13〕、《駐點臺灣話採訪》〔註14〕等；2、以歷史、文化的角度聯繫政經背景縱深考察的理論探索。這與具體的新聞實務不同，而是以新聞學、哲學、政治學等角度，對宏觀敘事作描述與評論。如《關於建構「一國兩制新聞學」的思考》〔註15〕、《中國大陸與臺灣省傳媒的民族文化特性》〔註16〕、《關於兩岸傳播媒介比較的哲學反思》〔註17〕、《中國海峽兩岸新聞交流的回顧與展望》〔註18〕等；3、以新聞事件為契機進行比較研究。近幾年隨著實證研究的興起，以大眾傳播理論為框架，採用定量分析方法的研究大量出現，但多是對某個事件進行兩岸新聞報導的比較研究。如《新聞材料的選擇與建構：連戰「和平之旅」兩岸媒體報導比較研究》〔註19〕、《臺灣報紙眼中的大陸：由人民日報和中國時報對香港特首補選和「神六」報導談起》〔註20〕；《兩岸三地報紙災難事件報導研究──以臺灣921地震報導為例》〔註21〕等。

〔註12〕童兵（1997.2）：《臺灣媒體的大陸新聞及其報導隊伍》；《新聞界》，頁30～32。

〔註13〕范麗青（2001.1）：《十年走一步 熱情依舊 尷尬依舊》；《中國記者》，頁42～43。

〔註14〕吳亞明（2002.6）：《駐點臺灣話採訪》；《新聞戰線》，頁22～23。

〔註15〕吳高福（1995）：《關於建構「一國兩制新聞學」的思考》；載《兩岸交流與新聞傳播》；武漢大學出版社，頁9～23。

〔註16〕秦志希（1995.1）：《中國大陸與臺灣省傳媒的民族文化特性》；《新聞與傳播研究》，頁55～61。

〔註17〕單波（1998.3）：《關於海峽兩岸傳播媒介比較研究的反思》；《新聞與傳播研究》，頁1～7。

〔註18〕陳力丹（2005）：《中國海峽兩岸新聞交流的回顧與展望》；www.mediachina.net；2006.6瀏覽。

〔註19〕潘曉淩、喬同舟（2005.4）：《新聞材料的選擇與建構：連戰「和平之旅」兩岸媒體報導比較研究》；《新聞與傳播研究》，頁54～65。

〔註20〕方曉虹（2005）：《臺灣報紙眼中的大陸：由人民日報和中國時報對香港特首補選和「神六」報導談起》；《兩岸傳播媒體邁向21世紀學術研討會論文集》；武漢大學新聞與傳播學院編。

〔註21〕柯慧新、劉來、朱川燕、陳洲、南儁（2006.1）：《兩岸三地報紙災難事件報導研究──以臺灣921地震報導為例》；《新聞學研究》，頁71～109。

　　以上研究主要採用質性研究方法，從微觀到宏觀角度探討兩岸新聞交流的媒體角色與表現，所依據理論主要是新聞實務經驗、宏觀報導原則，而少數以定量分析爲主的研究，又缺少歷時性與全局性的考察。因此，本研究對於新聞實務與理論的發展也具有參考價值，期待研究成果能夠豐富兩岸新聞傳播研究的資源，爲增進兩岸的觀察與瞭解盡一份學者之力。

二、研究對象與研究時間

（一）研究對象

　　要深入瞭解每日所發生的國內外大事，媒介正是一個重要的來源管道，其中報紙更是重要的來源。〔註 22〕報紙較電視更能增加受訪者區分議題與形象信息的能力，其原因可能是報紙擁有較大的篇幅，報導內容較深入詳盡，而且讀者可以重複閱讀。〔註 23〕報紙有易保存、易回溯、資料較完整的特性，在從事縱貫性（longitudinal）研究時極爲合適，因縱貫性研究是觀察長期的變化，彙集不同時間點的樣本來作分析。〔註 24〕因此，報紙能詳盡地報導，不受時間限制，反映多數人的意見，且在輿論形成過程中較其它媒介具有重要且權威的傳播、影響、教化功能。

　　在臺灣，報紙是現有大眾傳播媒介中最爲廣泛及最具影響力的大眾傳播媒介。尤其是經常接觸報紙媒介的社會大眾是以教育程度較高的知識分子和社會中堅份子爲主體，對於社會更具有深入的影響力。電視、廣播和報紙三類媒體對大陸新聞的報導，並不等重。報紙在三類之中，佔有主導地位，民眾獲知大陸新聞，也以報紙爲最高。〔註 25〕隨著網絡的發展，報紙不再是民眾獲知大陸新聞的唯一渠道，但是在涉及大陸重要信息的傳遞，特別是在觀念的傳播上，報紙仍然具有舉足輕重的作用。

　　爲了研究臺灣媒體如何呈現大陸形象，本研究選擇《中國時報》、《中央日報》、《自由時報》及《蘋果日報》的相關版面的大陸新聞報導爲研究對象。其理由如下：

〔註 22〕轉引自簡琬璧（2002）：《李登輝的報紙形象──以聯合報、自由時報爲例》；臺灣淡江大學大眾傳播研究所碩士學位論文。
〔註 23〕轉引自錢震宇（2003）：《檢視臺灣報紙兩岸政治新聞的脈絡與演變──以李登輝執政時期爲例》；臺灣淡江大學大眾傳播所碩士學位論文。
〔註 24〕Stacks, D. W & Hocking, J. E.（1992）. Communication Research. New York：Longman Inc.
〔註 25〕童兵（1997.2）：《臺灣媒體的大陸新聞及其報導隊伍》；《新聞界》，頁 30。

（1）《中國時報》

　　《中國時報》創刊於 1950 年，屬於傳統大報，歷經 50 多年，在臺灣報業仍處於執牛耳者的地位。《中國時報》曾一度和《聯合報》共同壟斷臺灣報業市場。近些年，雖然報業競爭市場份額有所下降，但《中國時報》仍穩居臺灣四大報之列，發行量和廣告量位於臺灣各報前列。早年的一項調查表明，「臺灣 70％以上的人每天或看《中國時報》，或看《聯合報》，或者兩者都看，當局各『院、部』官員乃至一般職員，每天早上都要仔細閱讀這兩份報紙」。〔註 26〕《中國時報》的言論風格從一開始就富有自由色彩。創辦人余紀中先生曾倚望憑借報紙的影響力促進島內政治革新，所以，該報在新聞報導和評論上的論說尺度較為寬廣，聲稱其言論立場是：維護國家利益，溝通全民意見，在愛國的前提下，盡量反映輿情。在臺灣，很多學者、政壇人士及企業家都習慣把《中國時報》的社論作為島內政治氣候的指標。在過去半個世紀中的《中國時報》也曾經多次因為新聞報導的言論評說，一度與政府關係緊張。例如，《美洲中國時報》因「江南案」等事件停刊時，幾乎與蔣經國時代的國民黨政府決裂。民進黨執政後，《中國時報》也險被陳水扁提起告訴，而其旗下的《中時晚報》也曾被臺灣檢方搜索。

　　對於大陸的印象及兩岸關係的看法是從哪些媒體得來的一項調查也表明：在平面媒體方面，以臺灣《中國時報》居冠。〔註 27〕《中國時報》十分重視大陸新聞報導，開設有大陸研究室。自 1988 年 1 月 1 日起，《中國時報》與日本共同社達成協議：《中國時報》在臺灣獨家刊登共同社有關大陸的報導，同時也向共同社提供臺灣新聞。《中國時報》的大陸新聞集中在「兩岸三地新聞」版，但事關大陸不同主題的新聞也會相應地出現在其它版面上進行報導，因其重要程度也會在頭版頭條上進行報導。《中國時報》被臺灣部分讀者認定為「統派媒體」，因此，選擇其為臺灣民營報紙的代表之一。

（2）《中央日報》

　　由政黨經營的傳播媒介一般稱為黨營媒體。在臺灣，只有國民黨才有黨營媒體作為其喉舌。1928 年，《中央日報》創刊於上海。《中央日報》時為國

〔註 26〕　方積根（1990）：《臺灣新聞事業概況》；北京：新華出版社，頁 13。

〔註 27〕　莊慧良（2003）：《大陸和兩岸關係新聞閱讀與讀者認知的分析——以政治大學和世新大學的大學生為例》；www.jour. nccu. edu.tw/homepage/mpsuen/弄籔；2006. 6 瀏覽。

民黨政府遷臺初期最具影響力的兩報之一，屬於早年臺灣發行最廣、影響力最大的「兩黨」（中央與中華）、「一官」（臺灣新生報）當中的重要一員。自1956年起，《中央日報》依據臺灣北部、中部、南部、東部四個區域，先後增加編印地方版，對島內報業發展影響深遠。因此，也與當時臺灣銷路最好的報紙《新生報》，共同瓜分臺灣報業。作為國民黨的機關報，也是國民黨最具代表性的媒體，《中央日報》以宣示黨的政策為走向，可謂是一份宣傳性質濃厚的報紙。在政黨輪替前，《中央日報》強調其是「國民黨中央」的代表性報紙，宣稱採取「主權在民」的基本立場，秉持「民主、愛國、發展」的中心理念，「面向國家，面向人民、面向歷史」的使命感，使它成為緊密而完整反映社會主流和時代新聲的民主媒體。

2000年，臺灣「總統」大選，國民黨落敗，民進黨上臺，《中央日報》的地位也隨之陷入低迷，聲名皆失。《中央日報》海外版被停刊，僅留有文教版，整份報紙的篇幅由六大張縮減為五大張，新聞部的人員規模從三百多人減為一百人左右。臺灣各公共部門及中小學校也不再強制訂閱《中央日報》，更使得發行量急劇萎縮。2002年4月，《中央日報》宣佈裁員消息，這份在20世紀70年代盛極一時，全盛期每日發行量高達十九萬份、半年廣告收入便有一億兩千萬元的國民黨第一大黨報，如今已風光不再〔註28〕。2006年6月1日，發行79年之久的《中央日報》停刊，轉瞬走出臺灣報業歷史。

根據以往的研究顯示，具有黨報性質的《中央日報》，始終堅持為國民黨進行新聞宣傳的功能與路線。在政黨輪替後，國民黨調適成為一個在野黨，《中央日報》也隨著黨的角色轉換做出相應地調整。但是，它仍然堅持傳播國民黨對當前政策的看法和意見的操守與信念，這樣的角色和立場並沒有太大的轉變，與國民黨仍是共生共守的關係。「政黨輪替後，言論尺度放寬不少，過去是國民黨的化妝師，現在跟著國民黨成了在野媒體，於是轉換成政府的卸妝師，反映民眾不同的意見，言論空間加大，但對國民黨的理念、政策還是有一定的立場和堅持」。〔註29〕因此，對於陳水扁政府及執政黨在政策上的偏失面及政局不穩引發的經濟衰退、社會動盪等問題的報導，側重點放在批判和檢討方面，而不是政策的倡導和建設意見方面，突顯政府的困境與缺失，

〔註28〕唐佩君（2002.5）：《國民黨報進入收盤時刻》：《財訊》，頁106～108。

〔註29〕黃東烈（2002）：《臺灣民主化對黨營媒體經營影響之研究——以中央日報為例》：臺灣世新大學研究所碩士學位論文。

被執政黨批評爲：《中央日報》是在「唱衰臺灣」，甚至有些團體則稱《中央日報》爲統派媒體。

　　《中央日報》的大陸新聞報導多集中在「兩岸新聞」版，出現在頭版頭條的現象較爲少見。《中央日報》宣稱：本版朝廣度與深度兩方面同時經營，就廣度而言，報導層面涵括兩岸三地政經文化，以及其個別與世界互動的訊息；就深度而言，實時力邀學者專家就最新的焦點新聞做精闢的剖析與評論，完整交代整個事件的來龍去脈、及提供因應對策。〔註30〕2000 年，在政黨輪替後，《中央日報》設定爲臺商及其家屬服務的目標，增闢「兩岸經貿」版面，報導大陸經貿消息、大陸各地臺商發展情形，並協助解決在大陸所遭遇的問題，例如法律、婚姻、求學等問題。因此，「兩岸經貿」版面也讓在臺家屬以及一般民眾瞭解臺商在大陸的活動，加強兩岸臺灣同胞間的相互認識、建立信任、支持互動，提供了一個促進兩岸經貿發展、創建相當共識的平臺與途徑。

　　本研究選擇《中央日報》作爲黨營報紙的代表，以比較黨營報紙和民營報紙在大陸新聞報導上存在的差異性。

　　（3）《自由時報》

　　《自由時報》的前身是 1980 年 4 月創辦的一份臺灣中部地方性報紙《自強日報》，翌年 1 月改名爲《自由日報》，並於 1986 年 10 月該報從臺中市遷至臺北縣。1988 年 1 月，臺灣報禁開放，報社再從臺北縣遷至臺北市，並正式更名爲《自由時報》，同時正式提出「臺灣優先，自由第一」的辦報理念。〔註31〕

　　20 世紀 90 年代，臺灣報業過往「文人辦報」的傳統正式受到「財團辦報」的衝擊，主要轉折點正是《自由時報》挾雄厚資金崛起之時。1992 年，《自由時報》舉辦「12 週年回饋讀者、6000 兩黃金大贈獎活動」，並於其後數年內推出「抽汽車、抽房子」的宣傳活動，並且大量發送「贈閱報」，以及堅持報紙「不漲價」策略，於是該報其後於各式媒體閱聽率調查中，持續領先臺灣其它傳統報系。〔註32〕將臺灣長期由《中國時報》、《聯合報》兩大報紙獨佔的新聞市場一分爲三。

〔註30〕黃東烈（2002）：《臺灣民主化對黨營媒體經營影響之研究——以中央日報爲例》；臺灣世新大學研究所碩士學位論文。
〔註31〕黃少梅（2002）：《前總統李登輝卸任後之媒體形象：以聯合報、中國時報、自由時報三報相關事件報導之分析》；臺灣大學新聞研究所碩士學位論文。
〔註32〕王天濱（2005）：《新聞自由——被打壓的臺灣媒體第四權》；臺北：亞太圖書。

　　《自由時報》老闆林榮三是為土生土長的「臺灣人」，他強調「臺灣本土定位」的藍海策略，不惜重金搶佔市場，成功地與傳統報系產生差異化選擇，使得《自由時報》於短短數年內閱報率即快速超過其它報系，連帶造成島內其它報紙媒體不願加入類似美國的報業稽核組織（ABC），避免面對閱報率下降的難堪局面。

　　林榮三個人對政治立場極為堅持，最為著名的觀點就是「根留臺灣」信念的執著。他以聯邦建設公司發跡，成為臺灣房地產大亨，並曾擔任國民黨籍立委、監委、國民黨第十四屆中央委員及監察院副院長。身份多元、財力雄厚的林榮三，從不避諱報紙支持臺獨的意向。〔註33〕根據以往研究表示，在消息來源方面，《自由時報》引用國民黨為消息來源的比例較低，引用民進黨為消息來源的比例較高；而在報導方向而言，該報與其他民營報紙相比，《自由時報》對民進黨籍候選人有利報導的比例較高，支持李登輝和偏袒民進黨的態度明顯。〔註34〕因此，《自由時報》一般被認為是偏向本土，以臺灣優先，並主張與大陸清楚分隔，〔註35〕該報「反共反統親獨親李」。〔註36〕

　　《自由時報》較親於民進黨本土政權，選擇其為本研究臺灣民營報紙的代表之一。

　　（4）《蘋果日報》

　　2003 年 5 月，隸屬香港壹傳媒集團的《蘋果日報》在臺灣正式發行。不具有任何政治背景及立場的《蘋果日報》是一份獨立經營、以市場為導向的綜合性報紙。創辦人黎智英以強悍、敢砸重金的經營手法著稱，在香港、臺灣兩地展開顛覆傳統媒體的營運方式，高調開創「蘋果時代」。

　　1995 年，《蘋果日報》在香港正式發行，甫一開始便造成香港報業市場天翻地覆的變化。根據媒體報導，香港《蘋果日報》在創辦之時，除了進行高薪挖角，爭奪人才的措施之外，最重要的就是採取降價策略，利用低價（從標準價港幣五元降至兩元）的手段，外加開展贈送大禮的活動，在短時間內

〔註33〕王慧馨（2005）：《二○○四年報紙報導總統選舉新聞的政治偏差》；臺灣政治大學新聞研究所碩士學位論文。

〔註34〕黃惠鈴（1997）：《報紙如何報導總統選舉新聞》；臺灣政治大學新聞研究所碩士學位論文。

〔註35〕鄭貞銘（2001）：《百年報人》；臺北：遠流。

〔註36〕田習如（2000）：《臺灣三大報深層結構大探索》；《財訊月刊》；臺北：財訊文化集團。

便分割了二十萬的讀者群。不久更穩坐位居第二、銷售量約卅萬的寶座，甚至直逼銷售第一的《東方日報》的位置。這不但促使《東方日報》半年後採取跟進降價的應對措施，也順勢直接地觸動了香港報業掀起降價「割喉戰」的局面，甚至出現降至根本不敷成本一元、兩元價格的現象。在降價大戰僅開始一周後，一些「二線報紙」如《電視日報》、香港《聯合報》、《快報》隨即相繼宣佈停刊。〔註37〕之後，發行量15萬份的香港《壹周刊》和35萬份的香港《蘋果日報》分別高居香港雜誌和報紙營收第一大，為壹傳媒賺進 3 億 4，741 萬港幣。〔註38〕

　　《蘋果日報》的出現，促使香港報業平均獲利的局面大為減弱，香港報業市場開始了重新洗牌的態勢。因此，「蘋果登臺」的消息剛露端倪，臺灣報業莫不嚴陣以待。《聯合報》早在《蘋果日報》登臺前一年就開啟年輕化的組織換血工程；〔註39〕《自由時報》搶先在臺灣《蘋果日報》試刊號發行前夕，便將全報改成彩色版面，還進行增張擴版的舉措。《蘋果日報》創刊時以 5 元低價搶攻市場，每日零售發行量高達 50 餘萬份，使得《中國時報》、《聯合報》從一份 15 元降價至 10 元（《自由時報》仍維持 10 元的價格）。2003 年 6 月，《蘋果日報》再將零售價格調漲為 10 元，並維持在這個價格上達兩年之久，這一舉措使得其餘各報也以同一價格與之競爭。《蘋果日報》在發行的第二年，首度在 AC 尼爾森公布的 2005 年第四季媒體調查「過去七天閱報率」項目中，超越原本居冠的《自由時報》。這使得臺灣原本以《中國時報》、《聯合報》及《自由時報》擁有主要閱報人口的三大報業進入重新洗牌的局面。《蘋果日報》登臺後，儘管多圖少字的版面編排被批評為「畫報」，但《中國時報》、《聯合報》及《自由時報》三大報紙也隨之修正跟進，走向「蘋果化」，「蘋果」的威力可見一斑。

　　臺灣自解嚴後至 2003 年《蘋果日報》來臺創刊前，在長達 15 年的期間，臺灣島內報業日報市場生態為《中國時報》、《聯合報》及《自由時報》三強鼎立的局面，其餘的報紙因受內外環境影響，報紙銷售量及影響力的差距有逐漸加大的趨勢。從報紙數量來看，根據臺灣行政院新聞局 2006 年 10 月發

〔註37〕紀淑芳（2002.5）：《黎智英即將下達攻臺令》；《財訊》，頁 110。
〔註38〕陳延升（2003.4.1）：《蘋果 vs. 臺灣三大報 180 天攻防》；《數字時代雙周》，頁 55，62～69。
〔註39〕陳延升（2003.4.1）：《蘋果 vs. 臺灣三大報 180 天攻防》；《數字時代雙周》，頁 55，62～69。

行的《出版年鑑》報紙家數統計資料顯示，至 2005 年 12 月底，島內固定發行 1～7 天不等的報紙家數從 2004 年的 2524 家，下降至 2442 家，減少 82 家。〔註40〕2006 年不少風光一時的大報接連宣佈停刊：11 月 30 日停刊發行 28 年的《民生報》；11 月 1 日停刊《星報》；發行 79 年之久，6 月 1 日停刊《中央日報》；3 月停刊《大成報》、6 月 6 日停刊《臺灣日報》。在臺灣多家報社陸續關門停業的同時，在臺灣發行創刊的《蘋果日報》在報業市場競爭中卻呈現異常活躍的態勢。2006 年 7 月公佈的臺灣「2006 媒體風雲排行榜」，其依據對 1100 名臺灣地區 15 至 64 歲的民眾閱報調查結果指出，對社會影響最大的報紙排名則為《蘋果日報》（19％）、《自由時報》（9.82％）、《聯合報》（7.91％）及《中國時報》（7.64％）。〔註41〕《蘋果日報》雖被評為對社會影響力最大的報紙，但投票給《蘋果日報》的民眾，高達五成認為它帶來的是負面影響，正面影響僅占 2 成 2。因此，呼籲社會大眾拒買、拒訂、拒看《蘋果日報》〔註42〕的聲音也不時響起。但是，從《蘋果日報》每天頭版所刊載注明的發行份數來看，平均每日發行 45 萬份以上的數字，則說明《蘋果日報》在臺灣仍然具有十分美好而長期的發展前景。

《蘋果日報》的大陸新聞主要集中在「蘋果國際」版面。但是，在改版後又將之分為「國際新聞」和「中國新聞」兩部分。一方面認為「中國」的消息是「國際」新聞，表明他們的立場是臺灣與大陸不是一體，而是兩個對等的實體；另一方面又將「中國新聞」與其它國家的新聞區別開來，表明他們在內心深處還是非常關注看重中國的社會情況，或者說他們知曉臺灣民眾關注大陸情況、關心大陸發展動向的心情。實際上，不管是堅持何種取向的新聞報導，其對「中國」的高度重視的態度，表明了《蘋果日報》的報導立場、邏輯觀點以及政治力量等影響因素的存在。

本研究將《蘋果日報》列入分析對象，除了因為該報已躋身臺灣「四大報」的行列，其影響力不可小覷之外，也藉此觀察比較外來港資媒體的報導傾向與臺灣本土大報有何異同，該報的大陸新聞報導立場是否較為中立客觀等諸問題。

〔註40〕 劉艾蕾（2007）：《蘋果日報讀者閱報動機與人格特質之研究——以臺北市為例》；臺灣世新大學新聞研究所在職專班碩士學位論文。

〔註41〕 劉艾蕾（2007）：《蘋果日報讀者閱報動機與人格特質之研究——以臺北市為例》；臺灣世新大學新聞研究所在職專班碩士學位論文。

〔註42〕 《自由時報》：2004. 1. 11。

　　由於兩岸之間複雜而多變的關係，牽涉到國家認同與意識形態的問題，臺灣報紙言論大都較爲言辭銳利，在組織形態與媒介立場方面皆有差異。因此，在研究對象的選擇上，力求客觀而多元地展現臺灣媒體的生態圖景。

（二）研究時段

　　2000 年 3 月 18 日，臺灣地區進行「總統」選舉，民進黨候選人陳水扁以微弱多數上臺執政，結束了國民黨在臺灣長達半個多世紀的統治，這是自 20 世紀初以來，在臺灣政治現代化、民主化進程中第一次實現了「政黨輪替」。2000 年之所以成爲一種標誌，不僅攸關「總統」此一職務的「小輪替」而已，而是可能影響到整個國家機器、乃至整體社會體制的全盤改造工程，亦即可能是一場多元多面的「大輪替」。〔註43〕臺灣經歷了前所未有的激烈變化和起伏動蕩，也爲兩岸關係和臺灣前途增加了新的變數，兩岸關係成爲民進黨在執政道路上無法迴避的挑戰。

　　本研究主軸即是對 2000 年～2006 年間，有針對性地、系統性地對《中國時報》、《中央日報》、《自由時報》和《蘋果日報》的大陸新聞報導內容及報社立場進行縱貫研究，從而探究臺灣媒體對大陸形象的建構問題。即在政黨輪替後，臺灣媒體以何種方式、建構怎樣的大陸形象？其形象建構的策略以及形象建構的影響因素又是什麼？

三、研究方法

　　爲瞭解大陸形象在臺灣媒體的呈現情形，本研究以量化內容分析法配合質化分析方法中的新聞話語分析解讀相關新聞報導，希冀呈現更加完整而具深度的研究景觀。

（一）內容分析法

　　內容分析法始於十八世紀的瑞典，是對傳播符號進行有系統、可重複的檢測方式，可對研究數據進行有效、可複製的推論。〔註44〕內容分析法的特點之一便是可以「非親身觀察」（並非利用直接觀察行爲、問卷或訪談方式），讓研究者可依據自身需要，在自己方便的時間、地點條件下觀察傳播者發出的訊息。也正因爲「非親身觀察」的特性，內容分析法可以說是一種單向、

〔註43〕《聯合報》：2000. 1. 3。
〔註44〕王石番（1991）：《傳播內容分析法——理論與實證》；臺北：幼獅文化，頁 20。

靜態的研究形式，不會影響被研究者的反應。此外，內容分析方式可用於分析大量的非結構性數據，在數據處理上較具方便性。〔註45〕內容分析法適用於各式數據，其優點主要包括具有經濟效益（時間與金錢成本低）、較易重複測量、可看出一段時間中發生的過程等。一般而言，內容分析法主要探究傳播信息的內容是「什麼」（What）；傳播內容「如何」（How）表達問題。

1、分析單位

運用內容分析法必須明確地制訂分析單位。本研究針對臺灣媒體對於大陸新聞的相關論述進行分析，因此，抽樣單位與記錄單位皆以「則」為單位。

2、類目建構

內容分析法的類目建構是研究成功與否的關鍵所在。「類目」必須具有符合研究目的、反應研究問題，並且符合「窮盡」「互斥」「獨立」「單一分類」的原則，且必須合乎信度與效度。一般而言，內容分析法的類目可以分成「說什麼」（What is said），包含主題、方法、特性、主角、來源、方向、價值等類目；「如何說」（How is said），包含傳播類型、敘述形式、可讀性等類別。前者主要瞭解傳播內容的實質（substance），後者則是瞭解傳播的形式（form）。

參照過往相關的研究成果，對於類目建構進行了部分修訂與增減，使整體類目更趨符合研究問題，本研究分成六個類目來探討臺灣媒體對大陸形象建構的呈現情形。其中傳播內容屬於實質部分，即「說什麼」類目包含新聞來源、新聞主題以及新聞報導態度取向三個部分；傳播形式部分，即「如何說」類目包含新聞報導方式、消息來源與新聞報導訴求方式三個部分。現分述如下：

（1）說什麼（what is said）類目

依據本研究的需要，「說什麼」類目分為新聞來源、新聞主題、新聞報導態度取向三種：

新聞來源

新聞來源以原始來源作為歸類標準。以新聞報導的署名來區分該則新聞是由報社工作人員（記者與報社名義）、通訊社外電、其它新聞媒介、其它人士投稿等所產製。本研究將類目區分成為：（1）本報；（2）通訊社外電；（3）大陸媒體；（4）港澳媒體；（5）外國媒體；（6）其它。

〔註45〕王石番（1991）：《傳播內容分析法——理論與實證》；臺北：幼獅文化，頁21～22。

新聞主題

新聞主題是以新聞標題及內文所強調的新聞重點來進行歸類。新聞標題是每一則新聞報導的重點，有提綱契領之要，可以說是一則新聞內容中的主題和新聞巨觀結構的表現。根據新聞出現頻率的多寡，顯示報社對該議題的重視程度。依據相關研究以及對本次研究樣本的反覆閱讀，分爲以下 14 項新聞主題：（1）政治；（2）經濟；（3）軍事；（4）外交；（5）兩岸；（6）法律犯罪；（7）災難救助；（8）自然生態環保氣候；（9）醫藥公共衛生；（10）科技交通建設；（11）教育；（12）文化藝術娛樂；（13）社會百態；（14）其它。

新聞報導態度取向

新聞報導態度取向是傳播內容所傳達出的意識形態、態度、立場或感覺。參照相關研究採用三種類別：（1）正向（支持、肯定、讚揚）；（2）負向（否定、反對、抨擊）；（3）中立（報導事實，不表支持或反對的報導）。

（2）如何說（how it is said）類目

新聞報導方式

新聞報導方式即新聞報導寫作呈現方式。本研究依據相關研究分爲以下八個類別：（1）消息；（2）社論、評論；（3）簡訊；（4）圖片；（5）專欄；（6）特寫、訪問；（7）投書；（8）其它。

消息來源

消息來源是指該新聞出自於哪裏，一篇報導中可能包括一個以上的消息來源，本研究只考察和記錄其中最主要的一個消息來源。依據相關研究分爲以下類別：

（1）政治機構或政府官員：（1−1）大陸政治機構或政府官員；（1−2）臺灣政治機構或政府官員；（1−3）外國政治機構或政府官員。

（2）專家或專業人士：（2−1）大陸專家或專業人士；（2−2）臺灣專家或專業人士；（2−3）外國專家或專業人士。

（3）軍警機構或軍警人員：（3−1）大陸軍警機構或軍警人員；（3−2）臺灣軍警機構或軍警人員；（3−3）外國軍警機構或軍警人員。

（4）商業組織或商務人員：（4−1）大陸商業組織或商務人員；（4−2）臺灣商業組織或商務人員；（4−3）外國商業組織或商務人員。

（5）社會團體或社團成員：（5−1）大陸社會團體或社團成員；（5−2）臺灣社會團體或社團成員；（5−3）外國社會團體或社團成員。

（6）一般群眾：（6－1）大陸一般群眾；（6－2）臺灣一般群眾；（6－3）外國一般群眾。

（7）新聞媒體：（7－1）大陸媒體；（7－2）臺灣媒體；（7－3）外國媒體。

（8）其它。

新聞報導訴求方式

新聞報導訴求方式是指傳播者所使用的技巧，或傳播過程中所運用的修辭方法（rhetorical method）。本研究在制訂新聞報導訴求方式類目方面，參照相關研究將類目分成下面六個部分：

（1）安全訴求：凡新聞報導內容涉及穩定、依賴、保護、無恐懼、無憂慮、有秩序的言論均屬之。

（2）恐懼訴求：與「安全訴求」相反，凡使用恐怖、威嚇手段足以引起讀者的不安、恐懼及疑慮即為恐懼訴求的範圍。

（3）情感訴求：運用充滿民族情感、骨肉親情等感性的語句，喚起受眾的情感並引起共鳴的訴求。

（4）支持訴求：新聞報導內容以「大家皆同意」的姿態出現，並以塑造典型利用人們「從眾心理」、「大家都認為」、「獲得了一致」等說辭，藉以支持本身論點期待爭取「認同」的訴求。

（5）利益訴求：新聞報導強調實質、明顯的利益訴求，例如，通商、投資、互利等問題。

（6）一般訴求：秉持中性立場的新聞報導。

3、統計方法與信度檢測

本研究在統計方法上主要採用 SPSS14.0 統計軟件來進行數據統計分析，運用頻率（Frequency）、卡方（Chi-Square）分析等統計方法來瞭解各個變項的分佈狀況，即以呈現新聞的報導情形，來解答本研究所提出的研究問題。

信度即為可靠性（trustworthiness），是指測量結果的一致性（consistencies）或穩定性（stability）。信度檢定是指測度研究者內容分析法的分析單位是否能夠歸入相同的分析類目中，一致性愈高，內容分析的信度也愈高；一致性愈低，內容分析的信度也愈低。〔註46〕威默和多米尼克

〔註46〕楊孝濚（1996）：《傳播研究方法總論》；臺北：三民書局。

（Wimmer & Dominick，2002）指出，信度的檢定多是從研究樣本中抽出 10％～25％來進行分析。〔註47〕因此，本研究在樣本中隨機抽取 140 則新聞文本，以整體編碼表執行編碼員信度檢定，其信度爲 0.89，符合研究要求。

（二）新聞話語分析

　　關於話語（discourse）的意義有頗多解釋，並且話語的使用在其發展歷史中是處於多變的狀態。「話語」的英文字源爲 discurrere，其意義爲「來回跑動」的意思（to run to and for running hither and thither）。其衍生意義爲「從前提推至結論」、「交談」、「敘事」、「主題」、「內容」、「形態」等解釋，相關的中文翻譯有「論述」、「言說」、「話語」等詞彙。歸納「話語」所衍生出的字意可知爲：交談的進程及論理所呈現出的形式內容，其中的關鍵是指語言文字將成爲溝通的工具或是獲得理論的途徑。

　　由於「話語」與「話語分析」尚未發展出一套完整且具共識性的典範，致使不同學派的「話語分析」擁有不同的路徑來進行解讀與分析。本研究用來作爲分析新聞的路徑是採用學者范迪克（Van Dijk，1985）的新聞話語分析。依據范迪克的分類，以新聞報導中整體結構的「意義結構」方面加以探討。所謂「意義結構」，是將新聞文本以層次的方式區分爲「微觀結構」（microstructure）與「巨觀結構」（macrostructure）。「微觀結構」乃由一則新聞中的「微觀命題」（microproposition）所組成，代表此則新聞的意義所在。事實上，微觀結構的再現僅爲單則新聞的意義，若要呈現多則新聞的意義，則需建構「巨觀結構」。「巨觀結構」由「微觀結構」歸納產生，代表更高層次的意義結構，而「巨觀結構」的組成亦如同「微觀結構」一般，由一些命題組成，稱之爲「巨命題」（macroproposition）。實際上，「巨命題」代表數個「微命題」的主要意義，而「巨命題」亦可再轉化成爲更高層次的「巨命題」，這便形成爲一種層次分明的結構體。

　　對於亟待瞭解文中所夾雜或所隱含的意義，使用此一解構的方法便能從中獲知話語的局部結構，而又不會破壞原句，更可以看見媒體背後那雙「無形的手」。本研究通過新聞話語分析，採用立意抽樣方法，依據研究者的主觀見解和判斷選取典型個案，分析臺灣媒體對大陸形象建構的整體新聞框架，

〔註47〕Wimmer & Dominick（2002）:《大眾傳媒研究：導論》；黃振家等譯；臺北：學富。

仔細檢視文本所呈現的意義、記者對事件的認知，以及社會權力關係的圖譜，即對「媒介內容產生時的社會或文化、傳播者及其意向、媒介機構及其運作方式」的解構。

（三）文獻分析法

文獻分析法主要是通過搜集中外相關數據文獻以及專家學者發表過的專論進行研究與分析的方法。文獻分析法除具節省時間的優點外，亦可從相關研究中擷取間接的、不同的甚至相反的信息，除可豐富研究內容、擴大深度範圍、提供多維觀察角度之外，也可以力求客觀呈現，以免失之狹隘。因此，本書在撰寫之前即對有關研究報告、期刊、論文、相關著作及官方統計資料等加以廣泛搜集研讀與整理，以建立本書的主軸框架與理論基礎，以此作為研究設計的重要參考依據，使其能更進一步縱深地加以探討。

（四）歷史研究法

歷史研究法是指對與過去有關的數據加以系統地收集與分析的一種研究方法。即歷史研究法是針對已發生的事件，藉現存資料加以系統分析的一種研究設計，其結果可使我們根據對過去的充分的瞭解，加以預測未來的方向。本書欲從歷史的脈絡中，探究大陸新聞報導及其形象建構的背景緣起、如何建構、建構何種、為何不同等問題，並試圖歸納其演進歷程。此外，檢索與本書主題相關的圖表、報章雜誌、研究報告及論文等歷史資料，系統地歸納分析有助於釐清本研究所欲探討的主題。

四、研究理論——框架分析：一種建構主義觀點

所謂「建構」（construction），即具備詮釋學或現象學的意義。新聞事實的純粹描述，很難脫離一種「建構」的觀點。也就是說，不論什麼事件發生以後，經過記錄者的觀察，進入到報紙的「呈現」（presentation），以至於在「再現」（representation）階段，必須經過一種價值的、利益的，或者認知的篩選過程，通過記者、主任、編輯管理體系的層層「整理」（modification）過後，才以如同是「真實」（reality）的「權威」形式表達。[註48] 為把採集到的信息包裝成高

[註48] 張茂桂、蕭蘋（1995.1）：《「族群」議題的新聞詮釋——兼論報紙與公共領域問題》；《臺大新聞論壇》，頁 98。

效專業的、爲人們喜聞樂見的成品，新聞工作者試圖將所得到的信息和有關社會政治生活的設定結合爲單一的、既有的敘事，建構了特定的「媒體框架」（media frame），即「媒體框架」具有賦予被報導事件以重要性的功能。

「框架」（frame）一詞，最早由學者戈夫曼（Goffman，1974）引自巴泰森（Bateson，1972）在動物遊戲時所使用的名詞。戈夫曼在其所著《框架分析》（Frame Analysis）一書中對「框架」下了一個簡單的定義：「個人組織事件的心理原則與主觀過程」。〔註49〕他早期應用此概念於傳播情境中，探究人們在日常生活與人際溝通時，個人如何經由自我詮釋基模或架構，對外在事件或對象產生特定意義。「所有社會事件彼此間無所歸屬，透過符號轉換，便會成爲與個人內在心理有關的主觀認知」。他認爲「框架」是主導社會事件及人們對這些事件的認知與理解的組織方法。對個人來說，有如「闡釋基模」（schemata of interpretation），經常幫助我們理解與處理外在訊息，是人們將社會眞實轉換爲主觀思想的重要依據。因此，人們藉由「框架」整合訊息、瞭解事實，其形成與存在均無可避免。

傳播學者引用「框架」概念來探究媒介如何建構媒介眞實，新聞內容對於受眾建構什麼意義的問題。儘管傳播學者對於「框架」的形成皆有不同的說法，但卻有相類似的概念。坦卡德（Tankard，1991）認爲「框架」是「新聞內容的中心思想」，新聞文本呈現的情境、主要議題與內涵等問題，都需透過選擇、強調、排除與詳述等手法才得以呈現。他認爲個人雖會藉由「框架」將社會或新聞事件轉爲主觀認知，但在此過程中會不斷受社會其它成員所影響，使得「個人框架」經常也是「社區框架」（community frames）的反映。在媒介這個相互參與、建立共同符碼的場域中，人們藉由參與事件，進而完成同構型的社會建構。〔註50〕馬耶（Meyers，1992）則認爲「框架」是一種意義連貫的整體（a coherent whole），目的在於提供特定的解釋。恩特曼（Entman，1993）則認爲「框架」主要牽涉了選擇與凸顯兩個主要的作用。「框架」一件事情的意思，就是針對一件事情的某個部份把它選擇出來，經由特別處理，給予意義解釋。〔註51〕

〔註49〕 Goffman, E.（1974）. Frame analysis：An essay on the organization of experience. Cambridge, MA：Harvard University Press.

〔註50〕 臧國仁（1999）：《新聞媒體與消息來源：媒介框架眞實建構之論述》；臺北：三民。

〔註51〕 Entman, R. M.（1991）. Framing U. S. coverage of international news：Contrasts in

　　從以上諸種說法中可以分析推論，「選擇」的機制其實意涵了「排除」的功能，而「重組」的機制也同時意味了「排序」或「強調」。因此，「選擇」與「重組」是「框架」的主要機制。〔註52〕鍾蔚文等（1996）則衡量「選擇」便包含了「排除」的功能，並強調選擇與重組機制可能發生於框架的任一層次之中。〔註53〕

　　新聞媒介組織如何選擇社會眞實，「框架分析」是一個關於人們如何建構社會現實的研究領域。〔註54〕新聞框架可謂是新聞媒體或新聞工作人員個人處理新聞意義訊息所倚賴的思考基模，也是解釋外在事務的基本結構。〔註55〕甘森（Gamson，1992）指出框架理論的分析視角包含三個層次：一是關注新聞的生產過程，二是考察文本，三是帶有主動性的受眾如何在意義協商與文本間的複雜互動。〔註56〕黃旦則認爲，框架理論將新聞生產及其產品（文本）置於特定語境之諸種關係中加以考察，這些關係大致可歸爲兩類：「一是把文本自身作爲一個自主體系（刻意強調的、闡釋的和呈現的符碼），考察其內在的關係並由此所凸現的意義；二是文本生產和整個外在環境的關係（重要的制度化部分），捕捉兩者間所具有的張力以及對文本意義的影響」；換言之，這個關係集中在新聞文本的生產與權力結構之複雜關聯。〔註57〕學者史密斯（Smith，1990）曾指出，將新聞文本作爲「社會關係的組成部分」（constituents of social relations）來解析，是瞭解意識型態的恰當途徑。〔註58〕

　　在錯綜複雜的框架分析中，文本內容分析法或話語分析始終是重點。究其原因是因爲媒介如何反映現實、塑造意識形態與權力關係最終仍須通過新

　　　　　narratives of the KAL and Iran Air incidents. Journal of Communication, 41（4）. pp.6～27.

〔註52〕 Gitlin, 1991；Tankard, 1991；臧國仁，1999。

〔註53〕 鍾蔚文、臧國仁、陳百齡、陳順孝（1996）：《新聞記者知識的本質：專家與生手的比較（I）》：國科會專題研究計劃（NSC-85-2412-H-194-006）期中報告。

〔註54〕 Pan, Z., & Kosicki, G. M.（1993）. Framing analysis：An approach to news discourse Political Communication, 10. pp.55～75.

〔註55〕 臧國仁（1999）：《新聞媒體與消息來源：媒介框架眞實建構之論述》；臺北：三民。

〔註56〕 Gamson, W. A.（1992）. Talking Politics. New York：Cambridge University Press.

〔註57〕 黃旦（2005）：《傳者圖象：新聞專業主義的建構與消解》；上海：復旦大學出版社，頁232～233。

〔註58〕 Smith, D.（1990）. The conceptual practices of power：A feminist sociology of power. Boston：Northeastern University Press.

聞作品來實現。本書基於此研究思路而從新聞文本的框架分析入手，考察臺灣媒體《中國時報》、《中央日報》、《自由時報》及《蘋果日報》對大陸形象建構具有何種框架特徵以及隱含的意識形態。

五、相關問題研究成果回顧

（一）形象理論

　　對於「形象」的定義，各學科領域的學者有不同的解釋。研究者最主要的困難之一，便是很難獲得「形象」操作型定義。〔註 59〕「形象」（image）的字源是拉丁文「imago」，意指圖畫或類似，本是心理學名詞。《心理學百科全書》將「形象」解釋爲一種態度（attitude）或心理的畫像（mental representation）。現代心理學家曾提出：當我們看見一物體，在此物體離開視線後，我們會對其保留一種記憶，而這種「記憶」或「心智形象」在另一相似物時會被提醒，並幫助我們瞭解或解釋。也就是說，人們會根據有限的訊息，對特定人物形成廣博的印象。在某時刻遇見目標人物，在彙集訊息上有時空的限制，而知覺者常能根據此時此地所取得的有限資料，對目標對象塑造一個具有一致性特質的整合形象。此乃因爲人具有內隱人格心理學家的特質，對於某樣屬性與某樣屬性結合在一起，個體有他自己的假設，這就是形象。〔註 60〕簡言之，「形象」是人們對任何物體（尤其是人）的外在形式的一種人造印象或再現。〔註 61〕

　　實際上，形象的主要功能在於彌補個人認知上的缺陷，以及眞實經驗中的限制。當人們缺乏足夠的經驗或想像力去瞭解世界時，便會傾向運用原有的概念塡補缺口，意即利用既存的參考架構以涵蓋所有經驗範圍以外的世界。〔註 62〕因此，人類往往需要尋求某些標準或參考框架作爲理解外在世界的依據。否則，對人類而言，世界是混沌不明的，而「形象」正足以提供此

〔註 59〕 Nimmo, D. & Savage, R. L.（1976）. Candidates and Their Images：Concepts, Methods and Findings. Pacific Palisades, Cal.：Goodyear Publishing Company Inc.

〔註 60〕 洪英正、黃天中（1992）：《心理學》：臺北：桂冠。

〔註 61〕 陳麗香（1976）：《傳播行爲與映象形成關聯性之研究》：臺灣政治大學新聞研究所碩士學位論文。

〔註 62〕 Joseph, A. De Vito（1971）. Communication concepts and processes. New Jersey：Prentice-Hill Inc.

種「明確而清楚、一致而穩定」的參考框架。〔註63〕

　　美國經濟學家博爾丁（Kenneth E. Boulding，1956）出版的《形象》（The Image：Knowledge in Life and Society）一書最早使用「形象」一詞。他指出，人對外在事物都有某種程度的認知，這種認知就是「形象」，人們對於「形象」的描述其實是個人信以為真的事物，即為一種主觀的知識。〔註64〕索拉（Sola，1958）認為「形象」是一個人對另一個人或另一個團體的想法或看法，就好像一幅圖畫的輪廓一樣，它是一個概括的、籠統的與抽象的觀念。〔註65〕所以，我們通常所描述的「個人形象」、「政府形象」、「國家形象」即是指代此種意義。默里爾（Mirrill，1962）在進行美國的「國家形象」研究時，則拓展上述意義，提出「形象」是主題（themes）、態度（attitude）、意見（opinion）與印象（impression）的綜合體，是態度與意見形成的基礎，也是描述一國政治、人民特性，或個人特徵的途徑。〔註66〕尼莫和薩維奇（Nimmo & Savage，1976）則綜合對形象的各種意見後，認為形象是利用物體、事件或人物，投射出可認知的屬性所組成，並呈現出一種人類的構念。因此，將形象視為一種主觀的心智建構、影響事件如何被認知、亦受其投射主體之影響。〔註67〕由此可見，形象分析就是有關認知、意見和態度的研究。

　　形象一般包含有三個主要成份：認知成分、情感成分與意象成分。隨著個人認知系統的變化及興趣取向的差異，對於各種事物的形象層面也會有所不同〔註68〕：

　　1. 認知成分（cognitive component）：係指個體對於所處的環境（包含人、事、物等）及本身所持有的概念，意指對這些事物固有特性的認識。認知是個人在作價值判斷時，依個人的哲學或價值系統所持有的態度，通常含有信

〔註63〕 Sereno & Mortensen（1970）. Foundations of communication theory. NY：Harper & Row Inc.

〔註64〕 Boulding, K, E.（1956）. The Images. Ann Arbor, MI：The University of Michigan Press.

〔註65〕 Sola, Pool I.（1958）. India Student Images of Foreign People. Public Opinion Quarterly. 22. pp.292～304.

〔註66〕 Mirrill, J. C.（1962）. The Image of the United States in the Mexican Dailies. Journalism Quarterly. pp.203.

〔註67〕 Nimmo, D. & Savage, R. L.（1976）. Candidates and Their Images：Concepts, Methods and Findings. Pacific Palisades, Cal.：Goodyear Publishing Company Inc.

〔註68〕 牛莒光（1990）：《大眾傳播媒體與形象塑造之探究——上》；《新聞鏡周刊》，頁44～48。

念、知覺及訊息的成分，並含有對事實形態評價意味的陳述，不僅是個人對態度對象的觀念，亦表示個人態度對象贊同或反對的態度。認知層面的形象僅觸及事物的外在形象，例如，當我們談到某位人士的年齡、經驗、背景時，所指的便是我們對此人的認知形象。由於每個人所處的環境、條件或學習的過程不盡相同，所獲得的事物訊息、資料不同，而對事物產生曲解，故認知常存有偏差的成分。

2. 情感成分（affective component）：係指個體對特定事物的感覺或情緒。人本質上就不是一個純理性的動物，人的內心均有情感的成分，情感是生理變化的一種表現。行為學派認為，情感成分是由於對某一刺激之制約反應而發展出來的，且此種反應在行為結果上導致酬賞或懲罰，都會形成一部分的個人態度。情感對個人意見形成影響巨大，例如，當我們對一個人表示喜歡或厭惡時，腦海中的形象便已包含了感情成分，這種含有感情成分的形象最為根深蒂固，且不易改變。

3. 意象成分（active component）：係指個人對某些人、事、物或環境的反應傾向，當個人必須對態度對象有所行動表現時，其將有的行為表現即為反應的準備狀態。而此種反應係隱含於個人的內部的反應，他人不易立即察覺，此種隱含的反應可能是意識的或無意識的，惟可經由言語區別或模糊地察覺。意象是個人對某特定事物評量後所採取的行為與行動，個體的行為依據個體所認知的情況而決定。意象成分是個人內在思維行動的指針，通常是智識或經驗的累積，故意象經常被隱藏，有時甚至於需要行動時或行動結束後始完全表露，此種為個人內在思維活動的成分，亦是構成形象的重要成分。

整體的形象是由此三種成分所構成，每個人的思維及感受程度不同，對某些事物的形象亦有所不同，對事物形象的認知，亦會隨著個人認知系統的變化以及興趣的取向而有所差異。此外，有研究發現，情感成分是影響態度最重要的成分。〔註69〕

綜上所述，「形象」就是人們對外在事物的某種認知，是一種態度、意見與印象的綜合體，是一種對人、團體或事物的主觀看法，是在有意無意中所建構出的一種印象。「形象」時常成為我們面對事物時的參考框架，透過認知──情感──意象的組成而產生行為，它是一種抽象的概念，但往往令人深

〔註69〕伍世裕（1985）：《警察形象綜合指標及其構成因素分析──臺北市實證分析研究》；臺灣中央警官學校警政研究所碩士學位論文。

信不疑，或被錯認為是客觀的事實。

形象的塑造方式有三種，即附加（addition）、重組（reorganization）、闡明（clarification）。〔註 70〕首先，附加包括新信息的獲得和原有認知的擴展，亦即新訊息補充對某形象的認知使其更加完整。其次，重組即當受播者獲致一新訊息後，外在環境的改變使其相信原有的形象將不同以往，或訊息足以改變原有的形象會使得受播者重組原有已存在之形象。最後，闡明指原本不穩定、模糊的形象，在接受到某一傳播訊息後，對此一外在環境，產生了較為清晰或穩定的形象，與附加作用類似。因此，形象是可以被塑造的，並非是一成不變的，而是會隨著接收訊息與客觀環境的改變而發生變化。

一般所謂的「形象」概念和社會心理學上的「刻板印象」（stereotype）是相通的，〔註 71〕亦可說是異名同義之詞。事實上，在許多學者的研究中，已將「形象」和「刻板印象」相互混用，〔註 72〕在探討形象理論時，也都會同時探討刻板印象理論。

（二）刻板印象理論

「刻板印象」（stereotype）是由希臘字「stereo」（意指堅固的、刻板的）和「type」（意指字或字體）組合而成為「stereotype」一詞，形容用堅固刻板鑄成的字模。

「刻板印象」一詞最早是由李普曼提出。他指出：傳播媒介提供的信息影響人們腦海中所建構出來的形象，形成所謂的刻板印象。李普曼認為，人所生存的空間，無論是自然環境或人文環境都相當複雜，人們不可能對其生存環境中的所有事物都有親身的接觸或個別的體認。為了應對現實情況，因而發展出一套簡化認知過程的方法，那就是將具有相同特質的一群人（如老人、婦女、貧民或任何種族）塑造出一套刻板印象，然後以這一套刻板印象去評估該群體的成員，並認為群體內的所有成員都應符合刻板印象的所有內涵。此種塑型有如我們腦海中圖畫，類似地圖的功能，影響著我們對人、事的看法，也影響我們在社會上的角色與地位。因此，形象是一種主觀的心智

〔註70〕 彭懷恩（2002）：《政治傳播與溝通》；臺北：風雲論壇出版社，頁 130～133。
〔註71〕 李宗桂（1978）：《外交關係與報紙塑造他國映象之相關性研究》；臺灣政治大學新聞研究所碩士學位論文。
〔註72〕 許永耀（1984）：《中央日報、人民日報在中美斷交前後所塑造的美國形象之比較分析》；臺灣政治大學新聞研究所碩士學位論文。

建構，影響著事件如何被認知。維納克（Vinack，1949）對刻板印象作出如下定義：對各種概括化的特徵以語文標記的方式，賦予具有各種類別名稱的團體，並據以產生相對應的行動傾向。〔註73〕簡言之，刻板印象是指對社會某一特定群體中的人或事過度類化的概念，〔註74〕是一個人對於某一社會群體之大多數成員所存有的形象或信念。〔註75〕實際上，人們利用直接的感官經驗來獲取認知是不足的，而身處於瞬息萬變的環境，人們常常需要及時作判斷與反應。因此，刻板印象在我們判斷事物時通常扮演著一個重要的角色，它可以大量簡化認知過程，也可以及時提供明確的參考架構。

　　刻板印象是把一種固執、不正確、長期不變的特質，強加於某一族群，也是某一社會對某些事物的判斷，經過長期間的累積變成一種根深蒂固的觀念。所以，刻板印象係以某些概括化的特徵描述各種團體的過程，而且經過長期的累積，形成某一社會、群體對另一社會、群體的固定看法，是「對社會族群不准確和簡單化的見解，致使旁人依此對其固定的看法。」〔註76〕實際上，這已經揭示出刻板印象發生的文化屬性。刻板印象發生在一個特殊的文化中，在這文化裏所有的個人被描述成同一屬性。〔註77〕

　　當然，刻板印象兼具正面與負面意義。〔註78〕就正面價值來說，刻板印象具有將共同特徵的事物分門別類，幫助人們更快速、有效率地瞭解，在面對周遭環境時自然而然的形成；就負面價值而言，正因為刻板印象通常是種簡化的心理機制，若常用來判斷事物，很容易忽略個別差異，犯了過度概括的錯誤。斯圖特茲（Schutz，1970）則使用「類型化」（typification）的概念來加以闡述，他認為人們對於世界的認識均基於類型化作用，其過程是忽略某事物的獨特之處，而加以歸類於其他相同特徵的事物，因此類型化的結果即

〔註73〕　轉張哲溢（2007）：《臺灣主要報紙中小學教師形象之內容分析——以中國時報、聯合報為例》；臺灣佛光人文社會學院傳播學研究所碩士學位論文，頁15。

〔註74〕　Brown, R（1995）. Prejudice：its social psychology. Cambridge, MA：Blackwell Publishers.

〔註75〕　Stuart, O.（1977）. Attitudes and Opinion. Englewood Cliffs, New Jersey Prentice hal.

〔註76〕　Jary, D. &Jary, J.（1998）：《社會學辭典》；周業謙、周光淦譯；臺北：貓頭鷹。

〔註77〕　Klein, J. P.（1985）. Searation of church and state：The endless struggle. Contemporary Education, 54（3）. pp.166～170.

〔註78〕　黃文三（1990）：《我國青少年性別刻板印象之比較分析》；《教育文粹》，頁89～104。

造成刻板印象，可協助人們去區別人、事、物之間的差異。〔註79〕

根據社會學觀點，「刻板印象」產生於親身觀察族群差異的結果，也會受到大眾媒體、學校、父母、團體等社會因素的影響。人們常常經由觀察某一特定群體從事某種特定活動時，而相信實行該活動所需要的能力和人格屬性是該群體獨有的特徵。因此，文化工業所製造的刻板印象愈是僵化與具體化，則人們愈不會依經驗增加而改變先前看法。社會愈是複雜難懂，則人們愈會使用刻板印象以理解世界。〔註80〕而且特定的刻板印象很難被調整來符合社會現實，所以，目前的刻板印象常常反映過去的社會現實。〔註81〕

綜而言之，刻板印象具有以下特質：〔註82〕

1. 刻板印象源自於人們所處的文化環境與個人的社會化過程。

2. 刻板印象是一種心理知覺過程，認為一個群體中的大部分成員共享某些特質或屬性。

3. 刻板印象左右我們對人事物的判斷，意即對他們的假設。當我們和他們相處時，我們依此假設與他們溝通，目的是想肯定我們原先的假設，意即尋求信息來強化我們對他們的刻板印象。

4. 刻板印象通常有先入為主的價值判斷。

5. 刻板印象影響歸因過程，也就是基本歸因錯誤（fundamental attribution error）。

6. 當我們忙於思考事情或心有旁騖時，特別容易受刻板印象的影響。

7. 刻板印象難以改變。

刻板印象經常被視為是形象的一種，認為人們的一些行為，在未經過學習的過程或階段，於受到某種刺激時，而能即時自然地產生反應，是由於刻板印象所促成的結果。有學者認為形象與刻板印象是同義的，而有學者則認為應以形象來取代刻板印象。綜述之，形象與刻板印象具有相同之處，都是利用若干特徵來描述或認知個人、團體或事物，是一種特徵或屬性的概念化。

〔註79〕 轉張哲溢（2007）：《臺灣主要報紙中小學教師形象之內容分析——以中國時報、聯合報為例》：臺灣佛光人文社會學院傳播學研究所碩士學位論文，頁16。

〔註80〕 轉王嵩音（1998）：《臺灣原住民與新聞媒介：形象與再現》；臺北：時英。

〔註81〕 Eagly, A.（1987）. Sex differences in social behavior：A social-role interpretation. Hillsdale, NJ：Erlbaum.

〔註82〕 Brown, R（1995）. Prejudice：its social psychology. Cambridge, MA：Blackwell Publishers.

因此，兩者的功能都具有下列特性：

1. 幫助認知：形象主要在彌補認知上的缺陷及經驗中的限制，它能大量簡化認知過程，又可及時提供明確的參考架構，幫助人們迅速地瞭解外在世界。

2. 影響態度：個人的形象是支配其意見的主要力量，個人的意見受到形象的影響，也影響個人的態度取向。

3. 指導行為：人們的意見與態度一旦受到形象的影響，其傾向也將產生相對應的改變。

4. 鞏固團體：形象是社會化的結果，同一個群體中的個體經歷了相似的社會化過程，自然也產生了類似的形象認知。這種共有的形象認知凝聚了成員彼此間同質性與向心力，使人們忠於自己所屬的團體。

但是，從性質及程度上進行比較，兩者仍有些許差異〔註83〕：

1. 形象是動態的，隨著個體的表現而有改變；而刻板印象形成後則不易改變。

2. 以範圍而論，形象所牽涉的領域較刻板印象更為廣泛。

不論是形象或刻板印象，其形成和改變都和訊息有關，訊息可能對形象產生兩種不同的效果：一是某種形象的重造；二是某種形象的維持。前者指形象有改變，而後者意指若某一外在環境依然如舊，無須改變先前針對此一環境造成的形象，然而形象的維持並非表示訊息沒有產生影響。實際上，在這種情形下，訊息仍然對人產生效果，其效果只是不必重造對外在環境所形成的某種形象。因此，形象與刻板印象是否傳達或提供正確的判斷訊息，一直是學者爭論的重點所在。

此外，有學者曾指出，由於刻板印象具有僵化、籠統及過度簡化觀念的作用，同時亦具有非理智及強烈的感情成分，因此，刻板印象常具有偏差的概念成分。並且刻板印象常被運用於對種族態度、偏見、人際團體間知覺與衝突等相關研究，部分有關刻板印象研究亦皆賦予了負面的意義。刻板印象必然會對團體帶來某些負向的影響，而使人們忽略其正面特徵的認識。目前許多學者致力於對刻板印象的研究之目的，亦期望通過適當的管道，提供正確訊息，以矯正人們對某些團體的負面形象，增進對正面特

〔註83〕 王旭（1985）：《中共傳播媒介塑造的臺灣形象——以人民日報中今日臺灣專欄報導臺灣消息為例》；臺灣政治大學新聞研究所碩士學位論文。

徵之瞭解。〔註84〕

事實上，刻板印象的特質與偏見（prejudice）極為相似，兩者具有一體兩面的特性。偏見是指個人或團體具有無好意的看法、感情、活動及傾向，也就是具有缺乏善意的態度意涵，其特質有〔註85〕：

1. 偏見係以有限或不正確的消息來源為基礎。
2. 偏見含有先入為主的判斷。
3. 偏見具有過度類化的傾向。
4. 偏見是一種常見的現象。

刻板印象在性質上是知覺的再現，屬於形象作用認知的一種工具，廣義包含認知、情感及意象成分；而偏見同樣具有認知、情感及意象三種層面的態度。因此，從某一方面來說，刻板印象就是偏見態度，兩者並無差異，只是刻板印象具有認知系統的本質，而偏見態度則強調個人內在的傾向、經驗的知覺、認知與情緒的意涵。偏見對於個人或團體所抱持的是一種不公平、不合理的消極否定態度，確實具有消極否定的意味存在，但刻板印象卻不一定都是消極否定的。一般認為刻板印象是偏見的認知層面，兩者互為因果關係，而刻板印象一方面為偏見的認知層面，一方面既有偏見又會阻礙認知而造成刻板印象。〔註86〕

綜上所述，形象與刻板印象在本質上具有相似的意義與特性，兩者常被相互混用，並常以刻板印象來取代形象。但形象與刻板印象相比較，形象具有廣義的意義，刻板印象則較為狹義，且經常被視為形象的一種，但刻板印象於形成後較不易改變。此外，刻板印象的特質與偏見相似，均具有負面的意涵，但不似偏見之確實存在否定的態度意味，刻板印象並不全都是負面的、否定的。

（三）傳播媒介內容塑造形象

心理學家盧欽斯（Luchins A.S）運用實證法證實形象並非與生俱來，而是後天培養而成，屬於長期的效果。即獲得形象的途徑多半不是個人的第一手經驗，或是我們直接的真實經驗，而是間接地透過他者提供訊息來源，而在這種

〔註84〕 詹志宏（1980）：《在臺外籍人士對中華民國的映像研究》；臺灣中興大學公共政策研究所碩士學位論文。

〔註85〕 Goldenson, R. M.（1970）. The Encyclopedia of Human Behavior：Psychology, Psychiatry, and Mental Health. New York：Doubleday & Company, Inc.

〔註86〕 陳季汝（2009）：《報紙與警察形象之塑造：以聯合報、自由時報、蘋果日報為例》；臺灣臺北大學犯罪學研究所碩士學位論文。

塑造過程中，尤以大眾媒介扮演著不可忽視的重要角色。〔註87〕因爲，我們的直覺感官經驗太狹窄了，必須依靠傳播媒介來提供社會的形象，確立各種現象之間的關係與他們的相對重要性，從而把一群「社會眞相」擺在一起，形成意義。〔註88〕正如傳播學者所言：人們在理解事物時，通常會把事物組織起來並賦予意義，人們不只是在理解物體和人物時，會加以組織給予意義，理解事件和觀念時，亦是如此。人們一經歷到任何事實，會立即予以理解，把它組織在一個有意義的整體中，形成形象。對於未曾親眼所見的事物，即使所知相關信息甚少，也會產生同樣的過程和結果。此外，對於無法接觸的事物之形象的形成，尤須仰賴大眾傳播媒介提供的訊息。而相對地，形象又是個人測量一切傳播訊息的標準，所以，刻板印象是通過傳播的基本過程形成的，因此，接觸媒介的時間愈多，其所傳播的內容愈能形成較深的刻板印象。〔註89〕

　　實際上，政治學者很早就已提出，傳播媒介內容具有議程設置的功能，媒體不能控制大眾的想法，但是卻可以告訴受眾「應該想些什麼」，可以幫助民眾建構腦海中的圖象。許多實證研究已經證實大眾傳播媒介具有塑造形象的功能與效果。達伍森（Dawson，1961）發現傳播媒介的報導與形象的形成具有極顯著的關連性，媒介在形象與態度形成的過程中，扮演極其重要的角色。馬克哈姆（Markham，1967）亦在其《國際形象與大眾傳播行爲》（International Image and Mass Communication Behavior）的研究中指出，印刷媒體對於形象的塑造具有影響力。威弗等研究者（Weaver，Graber，McCombs & Eyal，1981）聯合研究 1976 年芝加哥論壇報所報導的候選人特質，與選民心目中的候選人特質相比較，發現兩者間具有明顯的一致性。此外，有研究也發現形象多以二分法呈現〔註90〕：

1. 職務屬性（job-crucial attributes）：例如，誠信、智慧、獨立等；
   個人屬性（personal attributes）：例如，口才、親和力等。
2. 政治角色屬性（political role attributes）：與擔任公職有關的行爲與資格；風格角色屬性（stylistic attributes）：與政治具有非直接關係，例如，

〔註87〕胡淑裕（1987）：《大眾傳播媒介塑造政治人物形象之研究——孫運璿、林洋港、李登輝之個案分析》；臺灣中國文化大學新聞研究所碩士學位論文。
〔註88〕李金銓（1982）：《大眾傳播學》；臺北：政治大學新聞研究所。
〔註89〕楊孝濴（1980）：《傳播研究方法總論》；臺北：三民書局。
〔註90〕轉張哲溢（2007）：《臺灣主要報紙中小學教師形象之內容分析——以中國時報、聯合報爲例》；臺灣佛光人文社會學院傳播學研究所碩士學位論文。

溝通能力、個人特質等；

3. 個人屬性（personal attributes）與力量強度（power-strength）。

一般情況下，一般大眾往往較容易接受與形象相符的傳播訊息，而避免接觸或忽視與形象相違的傳播訊息。但是，媒介所傳播傳遞的訊息，以及對人、事、物所描述及塑造的形象，例如，有偏頗的報導且內化於大眾文化中，此易造成個人受限於媒介塑造的真實而形成偏見，曲解被報導的對象。〔註91〕即形象塑造雖然受到個人的參考架構、價值、觀念、需求、期望及信仰等因素影響，且經常以形象的標準來解釋傳播訊息，相對地亦以新的傳播訊息來重組或維持形象。因此，在現今社會中，人們腦海中形象的形成深受大眾媒介的影響。

實際上，媒介真實會影響人們的認知，媒介的報導內容就好比一個框架或是架構提供人們在認知事件時的參考，因而形塑大眾對事件的認知。媒介塑造的形象或刻板印象的作用便是將附屬於某團體中的某種特徵聚焦擴大，而產生迅速傳播效應。一方面發揮正面影響作用，不僅能幫助個人在缺乏經驗的同時運用形象的概念去迅速、明確地瞭解社會，產生從眾心理。由此，共有的刻板印象使得人們更易於形成共同意見且易於溝通，並可增強團體中的成員之團體意識，使成員忠於所屬團體，對內具有強化團體的力量，對外則具有防禦其他成員攻訐的機能；另一方面，媒介所塑造的形象或刻板印象雖具有增強某一團體內部成員的團結意識，卻相對地妨礙不同團體間的有效溝通或造成團體間的衝突，例如，對不同種族的刻板印象造成種族團體間的歧異與衝突。正如學者所言：刻板印象易使人放棄溝通的機會或溝通時抱著不樂觀的態度，反而於真正接觸後，或許較能作平實的評斷。〔註92〕

（四）國內外的相關研究

傳播媒介內容與形象塑造之間的關係研究大致可分為兩類：

1. 大眾傳播媒介塑造的「國家形象」或「民族形象」研究；

2. 大眾傳播媒介呈現的「人物形象」研究。

現分述如下：

1. 大眾傳播媒介塑造的「國家形象」或「民族形象」研究

1956 年，羅伯特・德・什庫勒（Robert D. Shcoole）首先發表關於「國

〔註91〕牛莒光（2000）：《大眾傳播媒體與形象塑造之探究——上》；《新聞鏡周刊》。
〔註92〕汪琪（1984）：《文化與傳播》；臺北：三民。

家形象」的研究。他認為「國家形象」乃是根源於歷史及環境的因素，而產生對於一國人民或其社會上某些組織、機構的態度，進而影響對於該國產品的評價。拜爾凱（Bilkey & Nes，1982）認為「國家形象」就是消費者對於某一國生產產品的品質認知。尼蒂什（Nitish Thakor，1997）提出了國家形象其實包涵了有關國家的概念，如歷史遺產、國家美麗景色、製造貿易等。這些形象研究以「國家經濟形象」為重點，概念比較抽象，但卻是國家媒介形象塑造的基礎。默里爾（Merrill，1962）分析在墨西哥報紙中所呈現的美國形象，研究發現美國人被描述成具有務實的精神、成功的價值觀，以及注重物質的程度甚於注重宗教與審美等形象。整體而言，美國受到財富、物質與成功等價值的包圍，但忽視拉丁美洲的存在。〔註93〕沃爾夫（Wayne Wolfe，1964）在拉丁美洲報紙上社論或專欄等意見性的文章中，發現拉丁美洲報紙所塑造的美國形象是：富強的、民主的、友好的，也是自大傲慢、無知、膚淺的帝國主義。〔註94〕

　　在中國大陸方面，金苗和熊永新（2003）〔註95〕運用傳播學框架理論及框架分析法，選取美國25家日報要聞版有關伊拉克戰爭報導為樣本，對美國日報伊拉克戰爭報導框架與政府意圖的契合度進行定量、定性分析。研究結果表明25家日報仍然廣泛地採取了平衡、客觀、公正與傾向性結合的編輯原則，最終傾向於政府的戰爭意圖，同時又通過新聞技巧表達出隱蔽、微妙、複雜和多元化的情緒。

　　羅以澄、葉曉華、付玲（2007）〔註96〕採用內容分析方法對1997～2006年《人民日報》對美報導進行分析研究，研究發現對美國國家形象的建構表現出兩面性，一個是「先進的美國」，另一個是「霸道的美國」。這種兩面性是與中國人的「兩個美國」觀念密不可分的。

　　劉小燕（2002）〔註97〕從大眾傳媒塑造國家形象的理念出發，分析了媒

〔註93〕Mirrill, J. C.（1962）. The Image of the United States in the Mexican Dailies. Journalism Quarterly. pp.203.

〔註94〕Wolfe, W.（1964）. Image of the United States in the Latin American press. Journalism Quarterly. 41. pp.79～86。

〔註95〕金苗、熊永新（2003.3）：《美國25家日報要聞版伊拉克戰爭報導新聞構架分析》；《新聞與傳播研究》，頁82。

〔註96〕羅以澄、葉曉華、付玲（2007）：《人民日報（1997～2006）鏡象下的美國國家形象建構》；《新聞與傳播評論》2006～2007年卷。

〔註97〕劉小燕（2002.2）：《關於傳媒塑造國家形象的思考》；《國際新聞界》，頁63。

體塑造國家形象的基本理念：是指一國媒體塑造本國形象和他國形象的哲學軸心——具有意識形態傾向的世界觀和價值觀，即作爲塑造行爲主體的媒體在構建和傳播國家形象這一客體時的基本看法和價值取向。不同國家的媒體，有著不同的意識形態傾向、不同的價值觀和世界觀，在塑造一國形象時，由於其所遵循的理念不同，圍繞的軸心不同，就會形成不同的坐標參照系，在不同的坐標參照系下，自然會映照出不同的國家形象。

　　在臺灣方面，陳永綽（1972）〔註 98〕探究《中央日報》與《聯合報》在新聞報導中所塑造的韓國形象，發現韓國被本國報紙所呈現的形象是：崇尚法治、經濟優異、與臺灣友誼深厚，以及戰鬥力強、體能旺盛的民族。賴至巧（2003）〔註 99〕探討臺灣媒體中對於伊斯蘭世界的形象，選擇「九一一」恐怖攻擊到阿富汗戰爭期間的中文報紙的報導發現，西方世界與伊斯蘭世界競相爭取媒介近用權。然而，西方媒體在此事件中不只是報導者，更身兼參與者的角色，所以，西方媒體成功地塑造出二元對立的國家形象，以獲取國內或世界各地的寬容與支持。相反的，伊斯蘭世界的形象經由西方媒體的塑造，長久以來一直與宗教狂熱或恐怖主義等負面形容詞畫上等號。但是，事實上，政治因素的介入使得媒介眞實與客觀眞實之間產生了極大的落差，伊斯蘭世界的形象完全建立在衝突性之上，缺乏其它面向的報導。

　　易治民（1984）分析《人民日報》在中美斷交前後對臺灣形象的塑造是否有所不同。研究發現：《人民日報》在中美斷交後，對臺灣消息的重視程度不但大於斷交之前，而且又如斷交前一般，以塑造臺灣的負面形象爲第一要務。

　　在臺灣解嚴之後，臺灣媒體對大陸醜化和批判的態勢得以舒緩，相關研究開始關注以往塑造的大陸負面形象是否產生變化。金士秀（1989）〔註 100〕在解除報禁的後一年，以臺灣媒介對中共形象塑造爲題，研究《中央日報》、《聯合報》及《青年日報》如何塑造中共的形象，以及報紙在配合臺灣大陸政策開放之時，如何報導與中共有關的新聞。結論顯示：黨營的《中央日報》及軍方的《青年日報》貫徹反共的信念，刻意醜化共黨政權，而民營的《聯

〔註98〕陳永綽（1972）:《中共聯合兩報在新聞報導中所塑造的韓國映像》；臺灣政治大學新聞學研究所碩士學位論文。

〔註99〕賴至巧（2003）:《我國國際新聞中的伊斯蘭——從九一一事件到阿富汗戰爭的中文報紙分析》；臺灣大學新聞研究所碩士學位論文。

〔註100〕金士秀（1989）:《我國新聞媒介對中共形象的塑造》；臺灣政治大學新聞研究所碩士學位論文。

合報》則因愛國及自律的心理，在取材及字彙運用上與兩報並無明顯的差別。戴秀玲（1989）〔註101〕研究臺灣四家報紙對中國大陸形象的塑造，結果顯示：報社的政治立場不同，對於中國大陸所塑造的形象會有所差異；而政治環境的不同，對於報紙所塑造的中國大陸形象也有不同，而且隨著政治環境的改變，大陸新聞的類別與消息來源也會有所差異。

　　另外，運用媒介內容以塑造本國形象的研究也是另一研究重點。例如，針對美國媒體的涉華報導及其塑造的中國形象研究。邱林川（2002）〔註102〕選取了 1999 年至 2001 年美國《紐約時報》、《華盛頓郵報》、《洛杉磯時報》三大報紙對於李文和案的報導，發現美國主流媒體在報導該案過程中，對華裔的刻板印象進行了定型化處理，從中折射出美國媒體對中國形象的定位。陳寒溪（2001）〔註103〕運用框架理論從《紐約時報》、《華爾街日報》和《今日美國》三家在美國最有影響的大報，對「中美撞機事件」的報導進行研究，考察美國媒體如何塑造中國形象。他認為，在對這一事件的報導中，美國主流媒體所採取的觀點和立場基本與官方一致，它們共同將中國塑造成為「美國的戰略競爭對手」。在美國的主流媒體上，有關中國的報導以負面形象為主。李金銓對 1990 至 2000 年這 11 年間《紐約時報》205 篇社論和 259 篇專欄的研究、潘志高對《紐約時報》從 1993 到 1998 年 6 年間的全部對華報導的話語進行分析、楊雪燕和張娟對 1990 至 1999 年間《紐約時報》、《華盛頓郵報》、《洛杉磯時報》和《基督教科學篇言報》四家美國報紙國際版有關中國的新聞報導的標題的研究、張巨岩對 2000 年 5 月至 2001 年 1 月之間美國三大報——《紐約時報》、《華盛頓郵報》以及《洛杉磯時報》中關於中國報導的研究等都說明了此種觀點。〔註104〕周寧認為，西方的中國形象中包含著三方面的內容〔註105〕：（1）有關中國事實的敘

〔註101〕戴秀玲（1989）：《國內報紙所塑造的中國大陸形象研究——以中央日報、中國時報、聯合報、自立早報為例》；臺灣文化大學新聞研究所碩士學位論文。

〔註102〕邱林川（2002.1）：《多重現實：美國三大報對李文和的定型與爭辯》；《新聞與傳播研究》，頁 32。

〔註103〕陳寒溪（2001.3）：《美國媒體如何「塑造」中國形象——以「中美撞機事件」為例》；《國際新聞界》，頁 23。

〔註104〕李金銓（2002.2）：《建制內的多元主義：美國精英媒介對華政策的論述》；《二十一世紀》；潘志高（2003.3）《紐約時報對華報導分析》；《貴州師範大學學報》；楊雪娟、張娟（2003.1）：《90 年代美國大報的中國形象》；《外交學院學報》；張巨岩（2004）：《權力的聲音：美國的媒體和戰爭》；生活·讀書·新知三聯書店。

〔註105〕周寧（2000）：《永遠的烏托邦》；武漢：湖北教育出版社，頁 275。

述；（2）西方文化的隱喻性體現；（3）西方與中國關係的確認。這三方面內容並不是並駕齊驅的，第一方面的內容要根據第二和第三方面內容的需要而定，這也就說明了爲什麼中國形象在西方會出現時好時壞的現象。

「民者國之本也，國以民爲基」，一個國家的人民是負責傳遞國家形象的首要對象。而對於原住民及其他少數民族被大眾傳播媒介負面、不實及扭曲地報導，至今仍是國外許多學者及少數民族知識分子批評的主要焦點。對其錯誤報導最主要表現在三個層面上，即將少數民族問題化、對少數民族的成就與貢獻於報導、欠缺事件背景的深度報導。〔註 106〕大眾傳播媒介在報導或呈現原住民新聞時，大多是和衝突與暴力相關的新聞，當具有衝突與爭議性的題材出現時，原住民才會被報導出來。由於，這樣的報導方式讓一般觀眾容易直接把原住民與社會問題畫上等號，並且將社會失序歸咎在原住民身上，因此，導致從媒介到社會大眾都不瞭解事件的眞相。〔註 107〕

也有學者指出：主流媒介並不會心存惡意的陰謀去抹黑、醜化少數民族，相反，仍有不少是標榜自由開放乃至於人文關懷的媒體，還經常刻意希望對少數民族表達親善的關懷，並期待建立和諧的族群關係〔註 108〕；但是，即使在這種「善意」下，少數民族透過主流媒介的塑造，仍不免於被邊際化、被系統化的忽略、偶合刻板印象化、被異己化處理，甚至成爲待同化、待啓蒙的他者。〔註 109〕

2.大眾傳播媒介呈現的「人物形象」研究

大眾傳播媒介呈現的「人物研究」最初以政治人物形象研究爲重點。默里爾（Merrill，1965）分析《時代》雜誌的內容，就 1951 年、1955 年和 1962 年由雜誌中抽樣的文章，探究傳播內容是如何塑造杜魯門、艾森豪威爾及肯尼迪三位美國總統的形象。杜魯門被形容成有很多的缺點而無人緣的人、艾森豪威爾被塑造成一位眞誠且熱心的人、而肯尼迪的形象則被呈現爲富有、

〔註 106〕孔文吉（1998，2000）:《主流報紙報導原住民新聞之分析》;《民意研究季刊》;《原住民媒體、文化與政治》;臺北：前衛。

〔註 107〕Entman, Robert（1994）. Representation and Reality in the portrayal of Blacks on Network Television News. Journalism Quarterly. Vol.71, no3；Husband, Charles（ed）（1975）White media and Black Britain. London：Arrow.

〔註 108〕Hall, Stuart（1995）. The Whites of their Eyes：Racist Ideologies and the Media In Call, Dines &Jean M. Humez（eds）. Gender, Race and Class in Media. Thousand Oaks：Sage. pp.18～22.

〔註 109〕Campbell, Christopher P.（1995）. Race, Myth and the News. Thousand Oaks：Sage.

善於交際且交友廣闊的人。〔註110〕

　　在美國歷任總統中，約翰・肯尼迪是成功運用新聞傳播媒體的力量，提升並塑造個人領導者形象的例子。夫拉德・費德樂（Fred Fedler，1981）等人以內容分析法分析美國《時代》（time）雜誌及《新聞周刊》（Newsweek）的內容，探究1960年約翰・肯尼迪（John F.Kennedy）、1968年羅勃・肯尼迪（Robert Kennedy）及1980年愛德華・肯尼迪（Edward Kennedy）等三兄弟參與總統選舉期間所呈現的形象，並以內容措詞屬性，依人物的年齡、健康、性格、家族、宗教信仰及財產等作爲研究範圍，研究發現兩種雜誌較贊同約翰・肯尼迪，卻抨擊羅勃・肯尼迪及愛德華・肯尼迪。

　　沙利斯（Shyles，1988）針對美國1984年的總統大選期間，各候選人在其競選廣告上的形象模塑進行分析，他發展出一套包括才幹、經驗、誠實、領導能力等形象類目的測量表，研究發現所有候選人均試圖賦予本身上述良好的形象。〔註111〕

　　最早對於美國電視性別刻板印象進行系統化研究，是由多米尼克和羅奇（Dominick & Rauch）在1972年進行的。該研究針對紐約市電視臺一千多個電視廣告進行內容分析，結果發現一個非常重要的性別刻板印象類型：百分之七十五的廚浴用品使用女性作爲代言人、百分之七十六以上的女性被描繪成家庭主婦、而男性則被描述成權威角色。與女性相比，男性經常被顯現在戶外或是商業的場景裏，百分之八十的旁白使用男性的聲音，只有百分之六使用女性的聲音。儘管這幾年來女性在媒體上被呈現的方式已有些微的改變，但是仍然具有性別的刻板印象（Bretl & Cantor，1988）。

　　丘赫斯茲（Juhasz，1990）在分析美國電視網關於愛滋病形象建構時也發現：電視再現報導女性時，語詞建構上將女性被區分成危險群及安全群。前者指的多半是性工作者、非白人、藍領階級、單親媽媽及性關係複雜者，後者多半是中產階級、白人及已婚者，除此之外，被隱藏的女同性戀者則隻字未提。顯然，危險群被標籤化並加以污名處理，而由美國大眾媒介所傳達充滿偏見的危險群特徵亦成爲必須加以監控的目標，而安全群則是無辜的、提

〔註110〕Merrill, J. C.（1965）. How Time Stereotype Three U. S. Presidents. Journalism Quarterly. 42（3）. pp.563～570.

〔註111〕Shyles, L.（1988）. Profiling candidate images in televised political spot advertisements for 1984：roles and realities of presidential jousters at the height of the Reagan era. Political Communication and Persuasion, 5. pp.15～31.

供協助的及受尊敬的防治忠告者。

在臺灣方面，李郁青（1996）〔註112〕以媒介形象議程設置理論為基礎指出，在臺灣選舉期間，媒介議題具有為候選人形象設定的效果。王大同（1999）〔註113〕以1996年臺灣「總統」大選為例，發現報紙對選戰新聞及候選人的報導所造成的形象設定效果，並不適用於所有候選人。陳玲玲（2002）〔註114〕以內容分析法及深度訪談法探討政黨電視競選廣告的訴求與策略、政黨電視競選廣告的表現及政黨形象的呈現。陳姿羽（2001）〔註115〕以呂秀蓮為例，從報紙再現為切入，就福柯的權力\知識觀點探討報紙在論述女性政治人物所表達的意識形態，研究發現：報紙宣稱這些新聞事件無關性別的背後，其實帶有性別歧視。另外，各報報導立場，也明顯和其政治立場有關，並非全然客觀中立。

鄭孟涵（2004）以《中國時報》與《人民日報》為內容分析樣本，探討報紙如何呈現與框架中共領導人胡錦濤與溫家寶的形象。研究發現在呈現胡錦濤的形象上，《中國時報》從強調個人特質轉為施政能力形象，《人民日報》則是較突顯意識形態方面的形象；兩報所呈現的胡溫的媒體形象多為正面，特別著重其親民的形象；兩報均以正面的形象來框架中共領導人的個人形象，《中國時報》突顯出外交政策的框架，《人民日報》則較突顯內政方面的框架。

謝敏芳（2004）〔註116〕在探討報紙如何呈現外籍勞工的形象時發現，外籍勞工長期以來的媒介刻板印象包括：非常虛榮的、勤勞的、非常和睦共處的、非常被善待的、生存本能非常高的、適應非常良好的、非常有害的、非常非法的、非常危險的、抗爭的，其中，極正面和極負面的形象兼而有之。根據分析結果顯示，總體新聞報導中所呈現的外勞形象並不顯著，可見外籍勞工的報紙形象可能是偏頗、不全面的。

〔註112〕李郁青（1996）：《媒介議題設定效果的第二面向——候選人形象設定效果研究》；臺灣政治大學新聞研究所碩士學位論文。

〔註113〕王大同（1999）：《報紙報導候選人新聞之形象設定效果——以1996年總統大選為例》；臺灣政治大學新聞研究所碩士學位論文。

〔註114〕陳玲玲（2002）：《政黨電視競選廣告對政黨形象塑造之研究——以2001年立委員選舉為例》；臺灣世新大學傳播研究所碩士學位論文。

〔註115〕陳姿羽（2001）：《女性政治人物的報紙新聞再現——以呂秀蓮副總統為例》；臺灣中山大學政治學研究所碩士學位論文。

〔註116〕謝敏芳（2004）：《外籍勞工報紙形象之趨勢研究》；臺灣淡江大學大眾傳播研究所碩士學位論文。

　　在大陸方面，面對中國大陸處於轉型時期所出現的問題與現象，對於媒介形象的內涵與外延的研究進行不斷拓展。麥尚文（2006）〔註117〕《新時期中國典型人物「媒介形象」的變遷與突破》一文，從相對單一的「群像」轉向多元化的個體形象，由傳統道德形象向更爲豐富的現代形象過渡，中國典型人物「媒介形象」的表達應與社會個體的生存狀態相吻合，與社會變遷保持共振，使得典型的「媒介形象」更爲眞實地反映人物的現實情狀，更貼切地表達出時代特徵。

　　曹晉（2007）〔註118〕運用符號學原理，檢視了《解放日報》對姚明作爲全球化背景中的國際體壇明星、企業代言人、國家形象的體育修辭，研究指出：媒介文化產業製造全球消費的體育明星形象，也是塑造後殖民國家實力的新聞議程的重要符號。姚明以他高大的身軀洗去了中國在西方世界的「東亞病夫」身份，並且將體育實踐和商業利益充分結合，書寫了中國人躋身全球資本主義體育世界的跨國精英迷思。

　　何晶（2008）〔註119〕從報刊文本中「中產階層」表述的發展歷程來看，「中產階層」與歷史上三類文本表現出緊密的聯繫，這些文本不斷地被借用或滲透到報刊文本中，共同生成了當前媒介話語中的「中產階層」形象。這三類文本分別是：帶有一定官方色彩的文本、學術文本和來自西方社會的文本。

　　另外，對於農民工、青少年、大學生等媒介形象〔註120〕都有不同角度的研究定位與分析。

　　傳播媒介在信息傳播的過程中形塑了形象，同時，也建立了我們認知的基模。形象是一種具有意義的符號，差異辨識即是他者再現的開始。在把一部分人類目化、標籤化爲他者的同時，刻板印象化的再現操作也開始了，操作方式是將這些類目化約成幾個簡單的、本質上的特徵，並將其放大並固定下來。而一旦這種刻板印象化的操作被固定下來，媒介再現時就可以輕易將這些特定個體加以類目標籤化。綜觀國內外相關研究發現：在方法上，大都

〔註117〕麥尚文（2006.2）：《新時期中國典型人物「媒介形象」的變遷與突破》；《新聞大學》。

〔註118〕曹晉（2007.4）：《體育明星的媒介話語生產：姚明、男性氣質與國家形象》；《新聞大學》。

〔註119〕何晶（2008.2）：《我國媒介文本對「中產階層」的形象建構過程分析──一種「互文性」分析的視角》；《國際新聞界》。

〔註120〕李薇（2007）：《新聞報導中的大學生媒介形象》，江西師範大學碩士學位論文；朱唧唧（2006）：《民工形象的媒體再現研究》，蘇州大學碩士學位論文。

採用量化的內容分析法進行研究；在媒體內容上，對於中國形象的再現多是以國際媒體中他國形象的視角進行研究，比較注重中國在美國等與之意識形態差異比較大的西方國家的媒體形象研究，而相對不太重視研究其他地區對中國形象的媒介再現，在大陸對於臺灣媒體中的「中國形象」研究尚未多見。因此，在兩岸複雜關係下，對於臺灣媒體大陸形象建構策略的研究，是本書的嘗試所在。

本研究希望通過對《中國時報》、《中央日報》、《自由時報》和《蘋果日報》一段時間內的大陸新聞報導的考察和分析，解決以下問題：

1.臺灣主流媒體建構一個什麼樣的大陸形象？

2.臺灣主流媒體如何建構大陸形象？

3.臺灣主流媒體呈現何種報導策略、立場框架？

4.臺灣主流媒體對大陸形象建構的影響因素為何？

六、研究的基本內容和框架

第一章，簡要闡述本研究的歷史與現實背景。本章著重於臺灣媒體對大陸形象建構的歷史回顧，在整體上進行宏觀簡要介紹。

第二章，運用內容分析法進行比較偏向純粹的定量的傳播內容和新聞話語的文本分析，瞭解臺灣媒體呈現大陸形象的整體概況，檢視大陸形象建構中所隱含的意義。研究問題一：《中國時報》、《中央日報》、《自由時報》和《蘋果日報》大陸形象建構的基本呈現情形，即報導數量、報導方式、消息來源、新聞來源、新聞主題、報導態度取向、報導訴求方式的分佈情形；研究問題二：臺灣媒體在建構大陸形象過程中的政治、經濟、安全以及社會議題表現。

第三章，總結臺灣媒體對大陸形象建構的策略即框架化模式。本研究除針對在上述時段作階段性符合內容分析、新聞話語分析要求的微觀說明外，希望能夠呈現臺灣媒體對於大陸形象建構更具宏觀性的基本原則與精神實質。本章選擇採用框架理論作為解釋本研究的理論概念，檢測媒體如何框架特定的新聞議題，將其由社會真實轉換為主觀思想的建構策略。

第四章，分析影響臺灣媒體對大陸形象建構的影響因素。本章重在分析臺灣媒體對大陸形象建構中篩選的標準、新聞背後的主導因素。

百年來站在臺灣島上回望大陸，從我祖父母輩看到的「原鄉唐山」，來到日據時期接受殖民式現代化教育的我父母輩所看到的「落後支那」，再來到接受國民政府教育的我這一代人觸摸不到的「神州大陸」，接著新興的臺獨運動又將這神州之地描繪成「妖魔中國」。短短百年斷裂如此之巨，嬗變如此之頻，而兩岸人民卻都未能對自身這種斷裂的歷史進行認眞反思。〔註1〕

第一章　臺灣媒體對大陸形象建構的歷史考察

第一節　1987 年以前臺灣媒體對大陸形象的建構

　　隨著中國內戰的結束，國民黨從中國大陸退守至臺灣島，「兩岸關係」正式成爲一個實際存在的重要問題。兩岸關係從 1949 年國民黨撤退到臺後，一直受到敵意的影響。蔣介石一開始便對中國共產黨沒有很好的印象。〔註2〕在他準備離開中國大陸來到臺灣的時候，心情是沉痛的，這跟十四年前他所率領的第五次圍剿紅軍的心情，自然是不一樣的。〔註3〕蔣介石除了體驗過親身與中國共產黨對抗與談判的經驗外，他同時也必須面對與設法解決失去中國大陸實際領導權的問題。在這一階段，從擁有絕對代表整個決策體系的宣示，如「反共復國」、「毋忘在莒」，以及對應到所謂的「校歌中必有光復大陸一詞」，皆可知從根本上拒絕認同共產黨統治中國的正當性，「與中共不共戴天」、「矢

〔註 1〕 鄭鴻生（2005.1）：《臺灣的大陸想像》；《讀書》。
〔註 2〕 張玉法（1988）：《中國現代史》；臺北：東華。
〔註 3〕 陳敦德（1995）：《毛澤東與蔣介石的最後交手：兩個政治巨人隔海鬥智鬥力》；臺北：風雲時代。

志消滅中共政權」時時處處標示其決斷與痛恨之情之景。因此，國民黨政府來臺後，兩岸是處於高度的敵對狀態。具體對大陸的政策，是以確保臺灣，爭取生存為核心，組織亞洲反共聯盟，加緊互助合作；並敦促原有外交關係國家派遣使節來臺設館，阻止他國承認中共政權。具體至武裝衝突升級，例如，東山島戰役、八二三金門炮戰等事件，都可確認這一點。

　　1967 年 3 月，正值大陸發動「文化大革命」之際，蔣介石提出建立「討毛救國聯合陣線」，號召「一切反毛的力量，在三民主義的思想與信仰之下聯合起來」，並要求大陸組成「討毛救國聯軍」，擴大青年運動，同仇敵愾「抗暴奪權」，強調政治反攻，理想上達到「裏應外合」的目的。雖然，事實證明並未產生太大的實際效果，但從中仍能體會到，這時期國民黨熱衷於「政治作戰」、「削減對方」的宣示，具有強烈仇恨意味。

　　臺灣地區對於中國大陸的「仇恨」，正是來自於這種直接接觸、對抗的經驗，臺灣對於中國大陸的印象是一種情感層次的敵意。對於跟隨國民黨來臺的人來說，這個邪惡的本質是不需要宣傳便能有所體會的。所以，中國大陸所具有的敵人形象是依附在與中國共產黨的對抗，臺灣地區安全與生存上的考慮以及中國大陸領導權的取回。這種邪惡的印象也隨著「愛國教育」的推行不斷地強化。〔註4〕蔣介石以「反共」、「反攻大陸」為其畢生的目標，所以其主政時期的大陸政策也是與此有關。〔註5〕關於當時臺灣對大陸的政策、報導、形象等問題，我們可以經由蔣介石曾經發表過的訓辭、言論與講稿中傳遞的訊息有所體驗，因為，此時的兩岸關係大陸政策，與其說是政策，還不如說是一些原則、立場與政治口號的宣示，如不斷地矢言「反共復國」。〔註6〕

　　當時，臺灣國民黨政府對大陸政策是「漢賊不兩立」，嚴格管控臺灣媒體對大陸新聞的報導，媒體也強烈自我設限，只能呼應政府的大陸政策，完全無法發揮促進兩岸交流的功能，若有違者，可能被冠上「為匪張目」的罪名，輕者媒體自我處份失職人員，重者停列關報。〔註7〕臺灣的媒體結構受到嚴重扭曲，三家電視臺被黨政軍所瓜分控制，徹頭徹尾做國家機器意識形態的工具。全臺報紙凍結在 31 家，其中有半數充當黨政軍的喉舌，率皆蝕本，只靠

〔註4〕　石之瑜（1995）：《大陸問題研究》；臺北：三民書局。
〔註5〕　李松林（1993）：《蔣介石的臺灣時代》；臺北：風雲時代。
〔註6〕　邵宗海（2003）：《當代大陸政策》；臺北：生智文化。
〔註7〕　俞雨霖（1992）：《民間媒體在兩岸交流中之角色分析》；《東亞季刊》。

著「國庫通黨庫」的特權勉強維持。只有《聯合報》和《中國時報》兩大報系取得報紙發行和廣告市場的三分之二，形成寡占的局面，座落在各地的地方或特殊性報紙，勉強在夾縫中求生存。〔註8〕臺灣媒體的意識型態單調畫一，必須反共反臺獨，不能有絲毫動搖或逾越。〔註9〕

　　1936 年，臺灣中央通訊社成立的直隸於總編輯的「匪情新聞組」，是臺灣新聞機構中最早設置專責報導大陸的新聞單位。在相當長的時期裏，中央社和外電是臺灣媒體報導大陸新聞的唯一供稿來源。固然外電的報導範圍廣泛，有關大陸政治事務的報導亦較客觀，然而鑒於臺灣政治環境的限制，能與社會大眾見面的外電，主要是大陸的政治新聞，其一般性質是反共的，也幾乎全是負面消息。為避免被指為「為匪宣傳」，並且凸顯中共實施「暴政」及對大陸人的反共鬥爭，中共因而被稱為共匪或匪共或匪黨，毛澤東被稱為毛賊、毛匪、毛酋，投共人物則被稱為 X 逆。在大陸政治新聞的分析與評論方面，亦多強調中共的內訌、混亂與社會的動蕩。〔註10〕這些看來近乎可笑的名詞，當年卻是臺灣媒體對大陸印象最常見的詞語。

　　在蔣經國時期，兩岸並沒有結束敵對狀態，同樣也有與中國共產黨接觸與抗爭的經驗。在他主政的初期，其大陸政策仍遵循照其父的路線。當時的一些官方、民間所籌拍的電影內容，大多企圖藉由文藝宣傳的方式，來突顯大陸在「文革」時期的動亂以及提醒民眾臺海兩岸的對峙仍舊存在。〔註11〕與其父親較為不同的是，蔣經國曾留學蘇聯，這對蔣經國而言，發揮著某種程度的影響力。

　　1971 年 10 月，臺灣退出聯合國；1979 年 12 月，中美建交，結束與中華民國的外交關係，將與臺灣保持非官方關係，此一發展對國民黨政府是一大衝擊，對兩岸關係發展變化也產生極大影響。與此同時，大陸開始推動改革開放政策，其內外部環境發生重大變化。大陸對臺政策加強了和平統一的宣傳，放棄以「解放」來對待臺灣的態度，即以「和平統一中國」取代「和平解放臺灣」。1973 年 10 月，鄧小平在歡迎港澳臺海外同胞招待會上表示：臺灣同胞是我們

〔註 8〕 李金銓（1987）：《是重建媒介公信的時候了》；《新聞的政治，政治的新聞》；臺北：圓神。

〔註 9〕 Lee, Chin-Chun（1993）. Parking a Fire：The Press and the Ferment of Democracy Change in Taiwan. Journalism Monographs. pp.128.

〔註 10〕 張榮添（1994.12）：《臺灣對大陸政治新聞報導的檢討》；《臺大新聞論壇》。

〔註 11〕 李松林（1993）：《蔣介石的臺灣時代》；臺北：風雲時代。

的骨肉同胞，臺灣是中國的神聖領土，希望一切愛國同胞本愛國一家，愛國不分先後的精神，為解放臺灣，統一祖國貢獻力量。1974 年 2 月，廖承志在全國政協紀念「二二八起義」會議上指出，臺灣當局應認清形勢，不要錯過為祖國統一大業立功的機會。1975 年，大陸分批釋放原國民黨政軍特人員，積極表示善意。但是，國民黨政府拒絕和談，蔣經國在國民黨十一屆三中全會上宣稱：無論在任何情況、任何壓力、任何變化之下，絕不與中國共產黨談判。臺灣當局對此視為「和平統戰」，並大力展開「反統戰」，建構出一種敵我意識的鮮明對立上，這也造成臺灣對大陸新聞報導常表現出「統戰」和「反統戰」的特色。但因國際變化所引發的臺灣實質力量日趨單薄的現實，無形中讓兩岸間存在的敵對結構、文化發生了變異，臺灣媒體開始增加報導的中性消息，在這方面臺灣民營媒體的腳步無疑比公營媒體較為超前。

在與中國共產黨的接觸以及到蘇聯留學經驗的影響下，蔣經國對於中國大陸仍舊是抱持著敵對的態度。這可以從他在 1979 年所提出的「三不政策」得到驗證：我們黨根據過去反共的經驗，採取不妥協、不接觸、不談判的立場，不惟是基於血的教訓，是我們不變的政策，更是我們反制敵人最有力的武器。共匪今天求之不得的要與我們接觸，我們國內若干不瞭解情況的人，以為不和它接觸便是挨打，然則與它接觸，一旦導致精神上受到分化，政治上產生不利時，又如何以善其後？〔註 12〕不過，到了蔣經國晚期，在大陸政策的制定上卻出現了不少的改變。

1979 年，中國大陸方面發佈了《告臺灣同胞書》，「臺灣的父老兄弟姐妹，我們知道，你們也無限懷念祖國和大陸上的親人。」「統一祖國，是歷史賦予我們這一代人的神聖使命。」而在同一時期，臺灣也從「反共抗俄」充滿敵意的口號宣示，改以「三民主義」凝聚彼此共識。1987 年，臺灣宣佈開放一般民眾赴大陸探親，開啟兩岸民間交流。其後在社會交流（如開放大陸同胞來臺探病及奔喪）、文化交流（如開放大陸學術、文化、體育、演藝及大眾傳播人員來臺參觀訪問）、經貿交流（如開放兩岸間接貿易及間接投資）等方面，陸續逐步擴大交流層面與項目。〔註 13〕從「不接觸」到「接觸」的政策轉變，是順應民意的做法。實際上，也暗示著臺灣對於大陸態度的轉變。臺海兩岸

〔註 12〕 轉韋奇宏（2002）：《兩岸新聞採訪交流的結構與變遷（1979～2001）──新制度論的分析》：臺灣國立政治大學政治學系碩士學位論文，頁 58。

〔註 13〕 丁樹範（1992.8）：《開放探親以來中華民國的大陸政策的發展》；《中國大陸研究》。

對峙長達 40 年，雙方關係緊張對立，兩岸互動關係僅僅限於「軍事對立」、「心戰喊話」，兩岸媒體也都扮演批判、否定對方的角色。隨著戒嚴令的解除以及因應國內外政治情勢的變動，1980 年代中後期的兩岸政策的改變一日千里，兩岸交流的層面也隨之愈來愈廣。

第二節　1987～2000 年臺灣媒體對大陸形象的建構

傳播學者拉斯韋爾（H.D.Lasswell）曾揭示出傳播過程的線性模式（Linear model）——誰➡說什麼➡管道➡受眾➡效果。此模式屬於單向的訊息傳輸，屬於「有往無來」的傳播模式，它最大的缺點在於不能獲得「回饋」。大陸與臺灣曾經的交往歷史便是在此模式中展開，大陸民眾對臺灣的認識程度為何、臺灣對大陸民眾的認識又有多少，問題即在於兩岸缺乏互動的傳播。

1987 年 11 月 2 日，臺灣開放前往大陸探親，隔絕近 40 年的臺海兩岸大門終於開啟。最為重要的是，文化交流成為兩岸人民在分離 40 年後，一個重新相互認識、相互學習過程的開始，瞭解彼此的價值觀、生活方式、意識形態，提供兩岸接觸對話的機會。從整體而言，屬於文化交流範疇的兩岸新聞交流，由於本身的敏感性與爭議性較低，在兩岸關係中扮演「潤滑濟」的功能，新聞交流也帶給兩岸人民一種「期待」，希望經由它的「擴散效果」（spill-over-effect）與「連鎖效果」（linkage effect），為兩岸人民在心理上開始建構一種民族主義的「社群意識」，尋求建立彼此的認同與好感的共識，並為兩岸經濟、政治的可能整合奠下基礎。〔註 14〕在過去近 20 年的兩岸新聞交流過程中，由於信息不斷的擴散和流通，使得「現存的觀念受到挑戰，現存的制度受到考驗，不同的文化價值相互衝突，不同的行為模式也在揉合創變。」〔註 15〕1987 年以前的大陸新聞並非處於完全隔絕的狀態，只是當時所呈現的是一種二手傳播的信息交流，1987 年底後，因實地接觸而展現出新的風貌。

與蔣介石父子所不同的是，李登輝沒有太多歷史與意識型態上的限制，有比較多的空間去處理與中共間的關係，而顯得更為主動。〔註 16〕因此，在

〔註 14〕　郭婉玲（2003）：《兩岸新聞交流之探索 1987～2003》；臺灣中國文化大學中國大陸研究所碩士學位論文。

〔註 15〕　黃新生（1992）：《媒介批評》；臺北：五南圖書出版公司，頁 161。

〔註 16〕　張麟徵（1990.12）：《務實外交——政策與理論之解析》；《問題與研究》，頁 62～63。

制定大陸政策時，他不必要去刻意強調「漢賊不兩立」的對立，反而更著力在「分則兩害、合則兩利」的觀念上。1980 年，李登輝在第八任「總統」就職典禮上，發表關於中國大陸的演說：如中共當局能推行民主政治及自由經濟、放棄在臺灣海峽使用武力，不阻撓我們在一個中國前提下開展對外關係，則我們願以對等地位建立雙方溝通管道、全面開放學術、文化、經貿與科技交流。〔註 17〕從他的演說辭中，可以瞭解到他對中國大陸的要求，如果在一定的條件下——即推行民主政治與自由經濟，兩岸的關係可以是對等的並且是可交流的，而不再是過去的對峙狀態。兩岸關係雖然仍不時發生緊張狀況，但已經開始邁向「交流」、「互動」里程碑式的新階段。

1988 年 7 月，國民黨成立「大陸工作指導小組」，「行政院」則設置「大陸工作會報」，協調處理各部會有關大陸事務。1991 年，「大陸工作會報」改組為「大陸委員會」，成為統籌政府大陸工作的專責機構。此外，結合民間力量籌設的「財團法人海峽交流基金會」正式成立，成為政府授權處理涉及公權力兩岸事務的民間中介團體。1992 年 11 月，兩岸達成「九二共識」，即海峽兩岸均堅持「一個中國」原則，為「汪辜會談」及此後各種事務性協商談判奠定了基礎，掃清了障礙。

1994 年，臺灣發佈《臺海兩岸關係說明書》，其中體現新的主張：對於中國的統一，臺海兩岸應採取穩健的政策，不宜操之過急，所謂「欲速則不達」。只要兩岸具有統一的誠意和決心、統一的目標終會實現。同時，中國人不能為統一而統一，而應統一在一個合理、良好的政治、經濟、社會制度和生活方式之下。因此，我們主張海峽兩岸應全力為建立一個民主、自由、均富、統一的中國而努力。經由雙方共同的努力，一旦兩岸的意識形態、政治、經濟、社會差距縮小，中國統一自可水到渠成。〔註 18〕從此論述中可清晰地看出，兩岸已將「統一」作為發展、互動的定位方向。

但是兩岸關係在達成「一個中國」的共識之後，卻出現幾次波折甚至跌入谷底。1994 年千島湖事件、1996 年臺海危機、1999 年李登輝拋出「兩國論」，兩岸政治接觸一度劃上句號。「兩岸關係不是我們片面的想法或一相情願地規劃，就可以順利地往前發展。中共方面的霸道態度與不理性政策，可以說讓

〔註 17〕轉廖高賢（2001）：《天安門事件後的中國印象——以美國與臺灣為例》：臺灣政治大學政治學研究所碩士學位論文。
〔註 18〕行政院大陸委員會（1994）：《臺海兩岸關係說明書》：http://www.mac.gov.tw。

雙方關係面臨很大障礙。」〔註 19〕「1991 年修憲以來，已將兩岸關係定位在國家與國家，至少是特殊國與國的關係。」〔註 20〕此時，臺灣方面的兩岸關係定位，已發生了變化，本來形塑的「一個中國」又轉變成類似「兩國之間的問題」。而在媒體的調查中，例如，TVBS（56.1%）、《商業周刊》（78.4%）同意「特殊國與國論調」情況。這一時期，在起起伏伏的政治變動中，大陸形象也應時應景而發生著微妙的改變，隨時都有可能退至「敵對的文化」中。

在兩岸交流中，經貿利益的互動性也促使臺灣媒體對於大陸形象建構有所改變。兩岸經貿交流不能外在於政治的影響，也歷經不平，走過不同的時期。由「三不政策」進入「默許往來」時期（1979～1987 年）──由「解嚴」進入「民間交流」時期（1987～1996 年 9 月）──「戒急用忍」（1996 年 9月～2001 年 8 月）時期──「積極開放、有效管理」（2000 年 8 月迄今）時期。

早年，兩岸的經貿交流很少，主要是臺灣向大陸進口中藥材。不過，因爲政治方面極度敏感及臺灣堅持兩岸貿易採取間接方式進行，相關經貿數據交流嚴重受阻，故無大量的經貿往來。隨著兩岸政策的互動，特別是 1987 年7 月臺灣解除戒嚴，兩岸間的民間聯繫和經貿往來呈現了迅速和驚人的發展。在經濟方面，臺灣除了開放對大陸轉口貿易外，陸續於 1990 年開放民間廠商派員赴大陸考察、參展、間接輸出、投資及技術合作。中國對外經濟貿易部更進一步提出，促進兩岸經貿交往的直接雙向、互利互惠、形式多樣、長期穩定、重義守約等五項原則。1995 年 5 月 1 日，臺灣正式宣佈停止「動員戡亂時期」，這個政策的頒佈，等於將堅守四十餘年，自我建構的身分認知，做扭轉性的重新詮釋。〔註 21〕臺灣當局不再指涉大陸政權爲叛亂集團，臺商到大陸投資也不再被視爲「資匪」。此時臺灣對大陸的貿易結構，正在逐漸由勞務密集企業轉型。

1993 年及 1994 年，臺灣和大陸分別制訂相關有利於兩岸經貿交流的法則，如臺灣放寬臺商赴大陸投資的「在大陸地區投資或技術合作許可辦法」及大陸全國人大通過的「臺灣同胞投資保護法」（1994 年制定，但施行細則直

〔註 19〕 行政院大陸委員會（1997）：《兩岸關係與大陸經貿政策》；http://www.mac.gov.tw。
〔註 20〕 行政院大陸委員會 （1999）：《民眾對『兩岸是特殊的國與國關係』看法》；
　　　　　http://www.mac.gov.tw。
〔註 21〕 鍾政儒（2009）：《2008 年總統選舉前後臺灣媒體對兩岸關係的建構》；臺灣國
　　　　　立師範大學政治學研究所碩士學位論文。

至 1999 年 12 月才公佈）。1995 年，江澤民總書記要求兩岸盡速實現「三通」，不要以政治分歧來干擾經濟活動的進行，發表了著名的八點談話。同年 5 月，臺灣公佈「境外航運中心設置作業辦法」，以因應港澳主權回歸後所造成的兩岸通航問題。此時兩岸貿易結構已由資源型產品與資本設備作為比較優勢產品的交換，逐漸轉變為由兩岸產業分工所決定的同一產業內部的產品置換，兩岸經貿交易亦由投資關係取代貿易關係。

1996 年 9 月，李登輝提出「戒急用忍」原則來因應兩岸不斷升溫的經貿往來，但在政治層面上卻陷入軍事威嚇的對峙局面。「戒急用忍」政策宣佈後，連續三年，臺商赴大陸投資的比率及增幅皆較前幾年下降。李登輝執政的最後四年，可謂自解嚴以來，兩岸關係變動最劇烈的階段。但民間投資仍以理性經濟思維為主，以 1997 至 1999 年為例，臺商投資大陸的規模雖無增加，但金額仍在 200 億美元以上。這些事實反映出兩岸民間交往與經貿關係密切的程度，大陸已在臺灣經濟發展扮演日漸重要的角色，臺灣亦期望「應透過全方位對話，尋求深切互相瞭解與經貿互惠合作，建立和平架構，以期達成雙方長期的穩定與和平。」〔註 22〕然而，由於海峽兩岸在政治方面仍處於對峙局面，使各項事務性商談或經貿交流均摻雜著濃厚的政治色彩，這種「經貿政治化」的特點，增添了兩岸關係的複雜性。〔註 23〕

1999 年 5 月，民進黨制定了名為《臺灣前途決議文》的文件，內容與主張對於臺灣的「國家認同」有諸多反映。（一）臺灣是一主權獨立國家，任何有關獨立現狀的更動，必須經由臺灣全體住民以公民投票的方式決定。（二）臺灣並不隸屬於中華人民共和國，中國片面主張的「一個中國原則」與「一國兩制」根本不適用於臺灣。（三）臺灣應廣泛參與國際社會，並以尋求國際承認、加入聯合國及其他國際組織為奮鬥努力的目標。（四）臺灣應揚棄「一個中國」的主張，以避免國際社會的認知混淆，授予中國併吞的藉口。（五）臺灣應盡快完成公民投票的法制化工程，以落實直接民權，並於必要時藉以凝聚國民共識、表達全民意志。（六）臺灣韓野各界應不分黨派，在對外政策上建立共識，整合有限資源，以面對中國的打壓及野心。〔註 24〕由上述文字可以看出，「臺灣獨立」是一再被強調的觀念用語，此種建構突顯「國家」的

〔註 22〕民主進步黨（1999）：《臺灣前途決議文》：http://www.dpp.org.tw。
〔註 23〕魏艾（1994.2）：《臺灣對大陸經濟新聞報導的檢討》；《臺大新聞論壇》，頁 232。
〔註 24〕民主進步黨（1999）：《臺灣前途決議文》：http://www.dpp.org.tw。

象徵，大陸已不再是被視爲一友好的存在，反而是「野心」與「打壓」的存在。若要以此及彼推論實際的兩岸關係，必然導致協商與交流空間的縮小。而這種思維模式的發展，無形中便反映在民進黨陳水扁政府主政下的臺灣，是否能夠朝著創建共識的方向前行，這無疑將成爲 2000 年政黨輪替後的政治變數。在此種形勢發展趨勢中，大眾傳播媒介儘管仍受多種的限制，卻是重要的溝通介質，成爲各界獲取大陸經濟信息，評估大陸經濟環境、形塑臺灣民眾對大陸經濟的觀點，乃至直接或間接影響政府對大陸政策的制訂、修正和執行依據的重要來源，彌補多數人對於大陸事務親身經歷的不足，並對兩岸關係構成重要的影響。

　　形象的形塑是種動態的過程，常藉由媒體信息不斷的修正或增強。〔註25〕臺灣對於中國大陸的印象不是一成不變的，其改變的過程涉及了意識形態上的對抗及生存問題的考慮。曾經的印象是根據「敵意」所塑造出來的，〔註26〕臺灣的自我認知、臺灣對於大陸的印象，不可避免地會出現非理性狀態，早就不再和諧一致。隨著兩岸交流互動的日益頻繁，這種敵意或多或少被沖淡，而以敵意建構出來的印象也隨之改變。

〔註25〕 Samuels, F.（1973）. Group images：Racial, ethnic, & religious stereotyping. NY：NCUP Inc.

〔註26〕 廖高賢（2001）：《天安門事件後的中國印象——以美國與臺灣爲例》；臺灣政治大學政治學研究所碩士學位論文。

第二章　臺灣媒體對大陸形象建構的表現

　　新聞報導是一種建構的過程，必然依靠特定的「元素」將其結合在一起，不同的選擇、排除與組織會建構出不同的事實。既然建構事實是一個選擇、排除與組織的過程，所持立場的不同便會產生不同的觀點看法，構建出不同的事件，從而賦予複雜多樣的形象意涵。臺灣媒體對大陸形象的建構，是通過不同主題的新聞議題來呈現總體形象，即在再現「他者」形象的過程中，依據對這些文本的內容與話語分析，通過選擇特定議題來勾畫「中國形象」。中國大陸形象是溫和還是粗暴；是友善還是兇惡；是防禦型還是攻擊型；是敵人還是朋友，在這裏都可以有所窺見。

第一節　臺灣媒體對大陸形象建構的量化描述

　　本研究的抽樣時間爲 2000 年 1 月～2006 年 6 月底，抽樣方式爲系統抽樣，共得到樣本 1404 則。

一、新聞報導方式分析

　　從表 2－1－1 中得知，在大陸新聞的相關報導中，新聞報導（消息）爲最主要的報導方式，占 67%，而在非純淨新聞報導方式的部分，則是以新聞圖片（14.1%）爲最多的報導方式，次爲簡訊（7.1%）。

表2－1－1：新聞報導方式分佈情況

	次　數	％
新聞報導（消息）	935	67
社論、評論	37	3
簡訊	99	7.1
圖片	198	14.1
專欄	31	2.2
特寫、訪問	50	3.6
投書	15	1.1
其它	39	2.8
合　計	1404	100.0

二、新聞主題分析

　　從新聞主題分佈來看（見表2－2－1），以兩岸新聞（32.6％）、外交新聞（11.4％）、經濟新聞（11.0％）為四報報導大陸新聞最常運用的三項報導主題。教育（1.8％）、災難救助（1.9％）、自然生態環保氣候（2.0％）則是報導較少的主題。

　　從整體上來看，兩岸新聞是四報共同關注的重點。在兩岸新聞表現上，大致可以分成三個面向：一是針對大陸對臺政策、臺灣對大陸政策等政治報導主題的呈現；二是積極強調「兩岸三通」對於臺灣投資環境的影響與利益所在，即倡導兩岸金融貿易的高度依存關係；三是兩岸的文化、藝術、教育等政府、民間的交流與合作。如將本研究中的兩岸新聞細化，則其新聞主要議題分佈仍是以政治、經濟等為主。由此可見，對大陸新聞報導的關注焦點仍是政治與經濟議題。

表2－2－1：新聞主題分佈情況

	次　數	％
政治	75	8.0
經濟	104	11.1
軍事	73	7.8

	次　數	％
外交	108	11.6
兩岸	305	32.6
法律犯罪	50	5.3
災難救助	18	1.9
自然生態環保氣候	19	2.0
醫藥公共衛生	30	3.2
科技交通建設	40	4.3
教育	17	1.8
文化藝術娛樂	58	6.2
社會百態	36	3.9
其它	2	.2
合　計	935	100.0

三、新聞來源分析

在臺灣媒體運用新聞來源情形的分析上看（表2－3－1），主要以本報（39.6％）為最多，其餘新聞來源依次為通訊社外電（28.0％）、大陸媒體（15.4％），但亦有多篇報導的新聞來源以港澳媒體（8.7％）、外國媒體（8.0％）為主。這表明四報對於大陸新聞的報導主要是倚重大陸通訊社的供稿；而在圖片報導方面，外通社則略勝一籌。

從新聞主題與新聞來源交互分佈可知（見表2－3－2），來自「本報」的報導大多集中在兩岸（76.4％）、政治（24.2％）、外交（36.1％）等主題；而經濟（32.7）％、軍事（31.5％）、外交（36.1％）等硬新聞大多來自外電消息，其中新華社、中新社的稿件是引述的重點，其次則是外通社；大陸媒體多集中在法律犯罪（34.0％）、教育（47.1％）、社會百態（75％）等「軟新聞」主題。「硬新聞」特別是爭議性、敏感性的「硬新聞」、「內幕新聞」除自採外，多是倚重於外通社稿件，這反映出臺灣媒體對大陸媒體所產生的不信任感，也表明中國大陸通訊社目前在報導爭議性、敏感性「硬新聞」時因倚重上級指示，注意統一宣傳口徑，而喪失播發的「第一時間」，因此，為外通社搶得報導先機。

表2－3－1：新聞來源分佈情況

	次　數	％
本報	373	39.9
外電消息	263	28.1
大陸媒體	142	15.2
港澳媒體	80	8.6
外國媒體	75	8.0
其它	2	2
合計	935	100.0

表2－3－2：新聞主題與新聞來源交互分佈表

	本　報	外電消息	大陸媒體	港澳媒體	外國媒體	其　它	合　計
政治	18（24.0）	18（24.0）	11（14.7）	16（21.3）	12（16.0）	0（.0）	75（100.0）
經濟	25（24.0）	34（32.7）	29（27.9）	10（9.6）	6（5.8）	0（.0）	104（100.0）
軍事	13（17.8）	23（31.5）	6（8.2）	8（11.0）	23（31.5）	0（.0）	73（100.0）
外交	39（36.1）	39（36.1）	6（5.6）	10（9.3）	14（13.0）	0（.0）	108（100.0）
兩岸	233（76.4）	50（16.4）	7（2.3）	8（2.6）	5（1.6）	2（.7）	305（100.0）
法律犯罪	6（12.0）	16（32.0）	17（34.0）	8（16.0）	3（6.0）	0（.0）	50（100.0）
災難救助	0（.0）	14（77.8）	2（11.1）	1（5.6）	1（5.6）	0（.0）	18（100.0）
自然生態環保氣候	3（15.8）	8（42.1）	6（31.6）	1（5.3）	1（5.3）	0（.0）	19（100.0）
醫藥公共衛生	6（20.0）	12（40.0）	7（23.3）	4（13.3）	1（3.3）	0（.0）	30（100.0）
科技交通建設	10（25.0）	21（52.5）	4（10.0）	2（5.0）	3（7.5）	0（.0）	40（100.0）
教育	2（11.8）	4（23.5）	8（47.1）	3（17.6）	0（.0）	0（.0）	17（100.0）
文化藝術娛樂	16（27.6）	20（34.5）	11（19.0）	6（10.3）	5（8.6）	0（.0）	58（100.0）
社會百態	2（5.6）	4（11.1）	27（75.0）	2（5.6）	1（2.8）	0（.0）	36（100.0）
其它	0（.0）	0（.0）	1（50.0）	1（50.0）	0（.0）	0（.0）	2（100.0）
合　計	373（39.9）	263（28.1）	142（15.2）	80（8.6）	75（8.0）	2（.2）	935（100.0）

四、消息來源分析

在本研究中，只計算樣本新聞中消息的最主要消息來源（因其它報導方式在消息來源上殊難判斷，所以本項統計不將其包含在內），共有935個分析單位（見表2－4－1）。

從消息來源的分佈上看，占前三位的消息來源依次爲：臺灣政府機構或政府官員（15.5％）、大陸政府機構或政府官員（11.2％）、大陸新聞媒體（10.1％）。政府機構政府官員是大陸新聞中引用最高的消息來源，占33.6％，這與前文報導主題分析中是以政治、經濟新聞爲重點相契合，尤其是與兩岸關係議題更爲相關聯。另外，四報更爲倚重轉載大陸媒體有關的報導，大陸記者或媒體便成爲重要的消息來源，占19.6％。因此，政府機構政府官員、新聞媒體和專家專業人士成爲強勢消息來源。

表2－4－1：消息來源分佈情況（一）

		次　數（％）	次　數（％）
政府機構政府官員	大陸政府機構政府官員	105（11.2）	314（33.6）
	臺灣政府機構政府官員	145（15.5）	
	外國政府機構政府官員	64（6.8）	
專家專業人士	大陸專家專業人士	49（5.2）	89（9.5）
	臺灣專家專業人士	19（2.0）	
	外國專家專業人士	21（2.2）	
軍警機構軍警人員	大陸軍警機構軍警人員	20（2.1）	51（5.5）
	臺灣軍警機構軍警人員	16（1.7）	
	外國軍警機構軍警人員	15（1.6）	
商業組織商業人士	大陸商業組織商業人士	21（2.2）	79（8.4）
	臺灣商業組織商業人士	43（4.6）	
	外國商業組織商業人士	15（1.6）	
社會組織及其成員	大陸社會組織及其成員	34（3.6）	81（8.7）
	臺灣社會組織及其成員	26（2.8）	
	外國社會組織及其人員	21（2.2）	
一般民眾	大陸一般民眾	49（5.2）	57（6.1）
	臺灣一般民眾	6（.6）	
	外國一般民眾	2（.2）	

新聞媒體	大陸新聞媒體	95（10.2）	183（19.6）)
	臺灣新聞媒體	22（2.4）	
	外國新聞媒體	66（7.1）	
其 它		81（8.7）	81（8.7）
合 計		935（100.0）	935（100.0）

（表頭：次 數（％） / 次 數（％））

　　將消息來源按照大陸、臺灣、外國等區域類目進行合併，各類目所佔比例差別並不是很大，分別為 39.9%、29.6% 和 21.8%（見表 2－4－2）。這表明大陸在大陸新聞的報導中，並不能成為報導的主導者、發言者，所發出的聲音並不是占絕對優勢，而是被動的被他者言說者。

　　建立新聞主題與消息來源交互分佈表（見表 2－4－3），我們發現大陸消息來源在各類議題中都佔據一定比例，它們是政治、經濟、法律犯罪、災難救助、文化藝術娛樂等新聞的提供者；但對於有關大陸的軍事、外交的事務則多以外國消息來源為主；臺灣則傾向於兩岸新聞（72.8%），即對於複雜的兩岸關係的解讀者是臺灣官方。實際上，這表明雖然大陸是各類新聞的提供者，在數量上佔優勢，卻只是信息的來源處，並不是權威的解讀者。

表 2－4－2：消息來源分佈情況（二）

	次 數	％
大陸	373	39.9
臺灣	277	29.6
外國	204	21.8
其它	81	8.7
合計	935	100.0

表 2－4－3：新聞主題與消息來源交互分析

	大 陸（次數％）	臺 灣（次數％）	外 國（次數％）	其 它（次數％）	合 計（次數％）
政治	29（38.7）	9（12.0）	21（28.0）	16（21.3）	75（100.0）
經濟	54（51.9）	9（8.7）	30（28.8）	11（10.6）	104（100.0）
軍事	18（24.7）	10（13.7）	42（57.5）	3（4.1）	73（100.0）

	大　陸 （次數％）	臺　灣 （次數％）	外　國 （次數％）	其　它 （次數％）	合　計 （次數％）
外交	32（29.6）	12（11.19）	62（57.4）	2（1.9）	108（100.0）
兩岸	53（17.4）	222（72.8）	9（3.0）	21（6.9）	305（100.0）
法律犯罪	32（64.0）	3（6.0）	10（20.0）	5（10.0）	50（100.0）
災難救助	14（77.8）	0（.0）	2（11.1）	2（11.1）	18（100.0）
自然生態環保氣候	15（78.9）	1（5.3）	3（15.8）	0（.0）	19（100.0）
醫藥公共衛生	20（66.7）	4（13.3）	3（10.0）	3（10.0）	30（100.0）
科技交通建設	26（65.0）	3（7.5）	6（15.0）	5（12.5）	40（100.0）
教育	14（82.4）	1（5.9）	0（.0）	2（11.8）	17（100.0）
文化藝術娛樂	32（55.2）	2（3.4）	13（22.4）	11（19.0）	58（100.0）
社會百態	32（88.9）	1（2.8）	3（8.3）	0（.0）	36（100.0）
其它	2（100.0）	0（.0）	0（.0）	0（.0）	2（100.0）
合　計	373（39.9）	277（29.6）	204（21.8）	81（8.7）	935（100.0）

五、新聞報導態度取向分析

　　在新聞報導態度取向方面（見表 2－5－1），臺灣媒體總體上是以中立報導（37.3％）為最多；正向態度（27.9％）為最少；而負向態度（34.8％）位居第二名。雖然整體新聞報導呈現以中立報導居多，但在部分報導題材選擇上，如法律犯罪（70％）、災難救助（83.3％）、自然生態環保氣候（73.7％）、醫藥公共衛生（53.3％）、社會百態（50％）等方面（見表 2－5－2），多以負面事實為報導主題，仍易帶給受眾對於大陸產生負面印象。

　　在正面態度報導中，多半是運用在報導有關大陸的經濟、科技發展以及文化等主題上，這既是與大陸的飛速發展的社會現實相符合，也間接地表達臺灣寄希望與大陸的經濟文化合作關係中獲得利益所在。而對於兩岸事務的新聞報導，態度取向差異並不是太大（見表 2－5－2），這也表明兩岸之間既是密不可分又充滿「敵意」的複雜關係。

表 2－5－1：新聞報導態度取向分佈情況

	次　數	％
正面肯定	260	27.8
平實中立	349	37.3
負面批評	326	34.9
合　計	935	100.0

表 2－5－2：新聞主題與報導取向交互分佈表

	正面肯定	平實中立	負面批評	合　計
政治	14（18.7）	34（45.3）	27（36.0）	75（100.0）
經濟	36（34.6）	36（34.6）	32（30.8）	104（100.0）
軍事	10（13.7）	48（65.8）	15（20.5）	73（100.0）
外交	16（14.8）	54（50.0）	38（35.2）	108（100.0）
兩岸	108（35.4）	111（36.4）	86（28.2）	305（100.0）
法律犯罪	5（10.0）	10（20.0）	35（70.0）	50（100.0）
災難救助	1（5.6）	2（11.1）	15（83.3）	18（100.0）
自然生態環保氣候	4（21.1）	1（5.3）	14（73.7）	19（100.0）
醫藥公共衛生	7（23.3）	7（23.3）	16（53.3）	30（100.0）
科技交通建設	18（45.0）	14（35.0）	8（20.0）	40（100.0）
教育	7（41.2）	3（17.6）	7（41.2）	17（100.0）
文化藝術娛樂	25（43.1）	18（31.0）	15（25.9）	58（100.0）
社會百態	8（22.2）	10（27.8）	18（50.0）	36（100.0）
其它	1（50.0）	1（50.0）	0（.0）	2（100.0）
合　計	260（27.8）	349（37.3）	326（34.9）	935（100.0）

六、新聞報導訴求方式分析

從大陸新聞報導的訴求方式來看（見表 2－6－1），利益訴求（24.1％）為報導焦點；其次為恐懼訴求（23.2％）；第三為一般訴求（21.1％）；情感訴求所佔比例最少，僅占 3.5％。

新聞報導訴求方式與主題交互分析中可知（見表 2－6－2），在經濟（43.3

％）、外交（30.6％）、兩岸（34.1％）報導方面多是採取利益訴求。從新聞內容來看，強調開放「三通」對於臺灣經濟發展的益處、兩岸經濟互動頻繁與臺商赴中國大陸投資可解決臺灣經濟不景氣困境等利益訴求；而政治、軍事報導多是以恐懼訴求為主，這也正表明兩岸問題以及對於大陸軍事強大而產生相關的危機感。另外，法律犯罪、災難救助、自然生態環保氣候、醫藥公共衛生等新聞報導亦以恐懼訴求為主，這也是大陸負面形象產生的主要方面。

表2－6－1：新聞報導訴求方式分析

	次　數	％
情感訴求	33	3.5
恐懼訴求	217	23.2
安全訴求	122	13.0
利益訴求	225	24.1
支持訴求	141	15.1
一般訴求	197	21.1
合　計	935	100.0

表2－6－2：新聞報導訴求方式與主題交互分佈表

	情感訴求	恐懼訴求	安全訴求	利益訴求	支持訴求	一般訴求	合計
政治	0（.0）	22（29.3）	8（10.7）	10（13.3）	17（22.7）	18（24.0）	75（100.0）
經濟	0（.0）	22（21.2）	16（15.4）	45（43.3）	4（3.8）	17（16.3）	104（100.0）
軍事	0（.0）	25（34.2）	6（8.2）	14（19.2）	8（11.0）	20（27.4）	73（100.0）
外交	0（.0）	21（19.4）	10（9.3）	33（30.6）	22（20.4）	22（20.4）	108（100.0）
兩岸	16（5.2）	30（9.8）	35（11.5）	104（34.1）	76（24.9）	44（14.4）	305（100.0）
法律犯罪	2（4.0）	29（58.0）	7（14.0）	0（.0）	2（4.0）	10（20.0）	50（100.0）
災難救助	0（.0）	13（72.2）	1（5.6）	1（5.6）	0（.0）	3（16.7）	18（100.0）

	情感訴求	恐懼訴求	安全訴求	利益訴求	支持訴求	一般訴求	合計
自然生態環保氣候	0（.0）	12（63.2）	4（21.1）	0（.0）	0（.0）	3（15.8）	19（100.0）
醫藥公共衛生	0（.0）	15（50.0）	11（36.7）	1（3.3）	0（.0）	3（10.0）	30（100.0）
科技交通建設	3（7.5）	6（15.0）	11（27.5）	6（15.0）	3（7.5）	11（27.5）	40（100.0）
教育	1（5.9）	5（29.4）	3（17.6）	3（17.6）	2（11.8）	3（17.6）	17（100.0）
文化藝術娛樂	2（3.4）	8（13.8）	7（12.1）	6（10.3）	5（8.6）	30（51.7）	58（100.0）
社會百態	9（25.0）	9（25.0）	2（5.6）	1（2.8）	2（5.6）	13（36.1）	36（100.0）
其它	0（.0）	0（.0）	1（50.0）	1（50.0）	0（.0）	0（.0）	2（100.0）
合　計	33（3.5）	217（23.2）	122（13.0）	225（24.1）	141（15.1）	197（21.1）	935（100.0）

小結

　　根據前述統計結果顯示，從臺灣媒體大陸新聞報導整體呈現情形來看：《中國時報》、《中央日報》、《自由時報》、《蘋果日報》四報對大陸的新聞報導主題多以兩岸新聞、外交新聞、經濟新聞為最常運用的三項報導主題，教育、災難救助、自然生態環保氣候則是報導較少的主題；在消息來源上偏向於政府機構政府官員、媒介、專家專業人士。如進一步將其按照區域合併，大陸、臺灣、外國消息來源所佔比例並無太大差異；在新聞報導方式方面，四家媒體多採用純淨新聞報導方式，在非純淨新聞報導方式則是以社論或評論、特寫與訪問形式較多；在新聞報導態度取向上，四家媒體同樣以中立報導最多；在新聞報導訴求方式上，利益訴求為報導焦點，其次為恐懼訴求，第三為一般訴求，情感訴求所佔比例最少。

　　根據以上分析，本研究從中歸納出以下五項臺灣媒體對大陸形象建構的呈現情形：

1、大陸新聞報導議題多元，但分佈不均

　　從量化統計結果顯示，臺灣媒體在報導主題選擇上偏向以兩岸、經濟、政

治、軍事等硬新聞為主，這既是兩岸錯綜複雜的政治關係所決定，這也表明新聞無法脫離政治環境而獨立存在。此外，針對大陸風土民情、生活型態等介紹大陸社會文化層面的軟性新聞亦有所著重。這體現臺灣媒體從特殊性、比較性、趣味性等不同原則選擇值得報導的主題，試圖從不同角度切入新聞報導，使臺灣民眾能夠以更為多元全面的方向來認識大陸，但大部分仍是聚焦於大陸的災難、犯罪、以及社會百態中極具煽情性的社會新聞。這種變化除配合政治環境以外，也是臺灣媒體競爭態勢逐漸地從島內本土新聞演變到對大陸新聞的競爭所致。因《蘋果日報》的銷售定位，「硬新聞軟化、軟新聞煽情」的新聞邏輯表現得更為明顯。因此，諸如「誰上臺有何內幕」、「誰下臺有何秘聞」、「誰如何上臺誰又為何下臺」等新聞報導的熱衷也就常出不絕。

2、新聞來源多採用記者採訪、引述其它媒體

臺灣媒體報導大陸新聞所採用的新聞來源，多是來自於記者採訪報導或是引述其它媒體。《中國時報》、《中央日報》皆設有記者常駐大陸，使兩報自採能力稍強，對大陸的政治、經濟、文化社會問題的分析和研究頗有自我見地，但其報導重點仍多是在兩岸新聞上，並且主要新聞來源皆是以「本報訊」為主，顯示對於對岸的報導不願說明詳細的新聞來源。《自由時報》和《蘋果日報》沒有設置大陸新聞中心，也無常駐大陸記者。《蘋果日報》為降低採訪成本，則是注重大量採納和轉載大陸媒體報導的大陸新聞，對於大陸各地的各類媒體報導收集全面而細緻，但多是關注其民計民生、社會百態等社會新聞。因臺灣媒體赴大陸採訪（現場報導）受諸多管制，基本上使大陸新聞的報導方面相當依賴大陸、香港以及外國通訊社及媒體的訊息。因此，有關大陸新聞來源獲得方面有相當程度的相同之處，根本區別在於報紙有關人員對這些新聞來源、取捨角度和所持立場的差異。

3、新聞報導訴求方式多樣化、因目的而異中有同

新聞報導除以一般訴求為主，亦會運用利益訴求、恐懼訴求與情感訴求，甚至是採用兩手策略，一方面以恐懼訴求強調其所處的危險境地；一方面又以利益訴求或情感訴求拉近兩岸的距離。這表示面對大陸的崛起和兩岸關係漸趨和緩，臺灣媒體的報導不自覺地表達危機話語，一方面恐慌於「統一」的力量，另一方面考慮政經利益的取得，它們從中傳播危險與機遇的意涵。其訴求方式會因兩岸政策、兩岸關係的變化而出現變動，這種變化與媒體所強調的新聞專業主義的價值觀念並不是協調一致的。

4、中立報導中隱含價值判斷與強調負面事實

　　隨著兩岸交流互動日趨頻繁，臺灣媒體對於大陸新聞的報導已逐步向中立客觀且符合新聞意理的方向進展。以新聞內容爲單純事實陳述不加入記者個人意見的新聞報導，即爲中立新聞報導。語言並不可能全然中立客觀，所謂的中立新聞，其實也只是被「中立化」了的文本論述。〔註1〕對各則新聞內容解讀時，發現記者易會運用少量的兩手策略，透過選擇特定的受訪者、報導主題或是採訪內容呈現等方式，隱含負面攻擊或正面情感與利益訊息，來影響受眾對於大陸事務的看法，以加強其支持度與新聞可信度。其中負面評價的新聞報導，主要是針對大陸的人物、團體或政策、理念及現象、景物提出評判。

5、官方消息來源仍是強勢來源，媒體亦成爲消息來源

　　媒體與消息來源的互動，一直是新聞學關心的話題之一。消息來源可以透過各種方式，爭取在媒體發言的主導權。對消息來源的各個變量數量上的統計，初步顯示了官方機構官方人員以及新聞媒體在新聞報導中所佔的優勢地位。這正如舒德森（Michael Schudson）所言：「一項接一項的研究報告基於同樣的觀察，它與研究是全國的還是地方的沒有關係——以日復一日爲基礎的新聞業的歷史，就是記者和官員相互制約的歷史」。〔註2〕在臺灣媒體對大陸新聞報導中的消息來源亦有不同之處，即從臺灣類別的官方消息來源來看，新聞通常過度反映官方的聲音，政府官員及官方機構藉著媒體報導他們在各類儀式性活動中說話的機會，傳達主要的決策或施政表現，進而主導言論，建構社會現實，它們是新聞報導不折不扣的「首要定義者」；而對於大陸官方消息來源雖在數量上占一定的優勢，但對其來源經常含糊其詞，多以「政府消息人士稱」，只是簡單指出由頭，其它內容則自然展開，完全看不到來源出現的身影。當其以具象的消息來源出現時，卻又常常出現在負面新聞報導中，處於被遣責與批評的處境，其形式上是話語的中心，實際上是話語批判的「靶心」；而令人置疑的現象則是外國消息來源的出現，表面上與外國無甚聯繫的新聞事件，外國官方、媒介、專家的談話、態度、言論卻公佈於報端，尤其是來自於美國的消息來源，甚至常製爲標題，摘爲提要，寫入導語，以示讀者特別注意。

〔註1〕 翁秀琪（1998）：《批判語言學、在地權力觀和新聞文本分析：宋楚瑜辭官事件中李宋會的新聞分析》；臺北：中華傳播學會論文。

〔註2〕 Michael Schudson（1993）：《探索新聞》；何穎怡譯；臺北：遠流出版，頁165。

關於媒介或記者的定位，人們認爲他們應該是客觀、冷靜的第三者，是「觀察者」，主要職能是報導新聞，但現在越來越多地作爲消息來源而走進新聞中，這種現象尤其出現在源於其它媒體的報導中，其消息來源已經是多重消息來源，不知是第幾道消息來源。「據 X 媒體報導」、「本報綜合消息」等方式而形成的新聞報導成爲捕捉信息、填充版面的常用手段，這也是出現同質化報導的源頭，甚至，有時弱化或隱藏原有的消息來源獲取渠道，以貌似現場報導的方式建構事件的眞實性。

第二節　臺灣媒體對大陸政治形象的建構

根據前述的新聞主題與新聞報導取向交互結果顯示（見表 2-5-2），臺灣媒體對於大陸政治形象的建構以中立報導爲最多，大陸最初「邪惡本質」的政治形象已大有改變。但對具體的新聞內容解讀時，所謂的客觀中立的話語仍隱含著價值判斷。

對大陸政治形象的關注多從中國領導人、中國人權問題，中國政治體制和民主進程等方面的報導加以體現。

對於中國領導人的報導涉及政治制度、政治體制改革、領導人評價等主題。對新一屆領導人的形象評價肯定而認同，表述爲「年輕化」、「一改過去浪費作風，樹立節儉新形象」、「新一屆中國領導有意建立簡約、親民、務實的新形象」、「胡溫採取穩紮穩打的方式執政」，對新政府所進行的一系列改革稱爲「六四以來最重要改革」。

在談到政府履行職能、行使公共權力、發揮行政作用等行爲時，不可避免地涉及「政治體制落後」、「民主制度不健全」、「政務缺乏透明度」等問題。「中國政府的機構臃腫、效率低落、行政成本是全世界最高等缺失」，尤其對於政府官員的腐敗、權錢交易等問題的報導，成爲政府負面印象建構的重要注解。「大陸貪官多如牛毛」、「大陸一些地方的幹部競爭上崗方式，對領導人來說」，根本就是「一箭三雕」。在新聞報導的相關討論中，新聞媒體最擅長的就是透過貼標籤與強化偏差的方式來區分出社會價值中所不容許的異常行爲，這就是所謂的「烙印」與「醜化」。當然，這種手段運用的目的是發揮催化作用，強化人們心中已有的印記。

對大陸民主問題的基本觀點就是：「中國離民主還很遠」。在談到民主進

程問題時，對大陸地方所謂的民主權益的行使名不副實。而「人權」問題也成為媒體討論民主存在與否的常規議題，尤其是對於大陸「新聞自由」的解讀，試圖說明政府對其控制與壓制。「全球投資人都聚焦在中國經濟發展，鮮少留意中國當局悄悄地在緊縮意識形態，像中宣部去年（2005）就查禁了七十九種報刊」。〔註3〕2006年中國十屆人大常委會二十二次會議審議《突發事件應對法草案》，草案對新聞媒體在報導工業事故、自然災害、衛生健康或社會安全等突發性事件實行嚴格的限制，這是自2003年經歷SARS帶來的教訓後，黨和政府開始加大對突發性事件中的信息發佈和媒體報導的管理措施。臺灣媒體對此作出報導，「政府對社會的控制能力已經脆弱到連自然災害的影響都害怕的程度」、「這是新聞自由的開倒車」。〔註4〕

媒體每天不斷地界定各種政治議題，而「民主化」無疑是「媒體政治」的訴求。「中國大陸是否能夠民主化」、「其民主化的進程與速度為何」以及「如何幫助中國大陸完成其民主化」等問題，這些問題無論深入與否，「民主化」的問題意識都存在前提假設：中國大陸如果開始民主化，則它將會在「民主化」這點上與臺灣越來越像。「希望中共的民主化能夠和臺灣一樣順利進行」，臺灣媒體的報導以民主化來期許中國大陸，追求民主成為一種進步的象徵；相反，背離民主的價值所代表的是一種落後的現象。

臺灣媒體關切大陸「民主潮」，「有人就認為民主潮自始至終就存在的，他們相信大陸各地都埋藏著各種各樣抗暴的力量，進而追溯出這種抗暴的力量源頭。」〔註5〕存在這種想法，自然希望中國大陸能夠加速民主化，因為它另一層的意義便是中共政權的「暴政」。

在新聞媒介再現的過程中，誰佔據了發言位置，誰就擁有了建構社會意義的權力。因此，到底誰在說話，他們又說了什麼，構成形象與文化的權力／知識過程。前述消息來源與新聞主題交互分析結果顯示（見表2－4－3），來自於大陸與外國的消息來源的比例無太多差異，即在政治議題中「誰說話」的問題上，大陸並不是占絕對優勢，而是被動地被他者言說。以新聞敘事主體的發展策略而言，在媒體的論述中，並不完全將「他者」的聲音作為主要的發言者，而是放大「第三者」的聲音，尤其是權威者的聲音，以突顯問題的嚴重性質。

〔註3〕《自由時報》：2006.1.28。
〔註4〕《自由時報》：2006.6.28。
〔註5〕石之瑜（1995）：《後現代的國家認同》；臺北：世界書局，頁117～118。

從新聞報導訴求方式與主題交互分析中可知（見表 2−6−2），政治報導多是以恐懼訴求為主，這種「恐懼」主要源自大陸是「中華民國的一個威脅來源」的複雜情感。「威脅中華民國生存發展者，主要有兩股力量：中共和臺獨。」、「臺獨可能促成中共武力犯臺，及成為中共『統一』臺灣的捷徑。」實際上，這種反對聲音是對大陸實行「一國兩制」的否定。

「一國兩制」是中國共產黨和中國政府為收回香港、澳門，實現臺灣地區與祖國大陸和平統一而提出的一項重要戰略方針。概括地說，就是以和平方式實現國家統一，在一個統一的國家內，允許社會主義與資本主義兩種不同的社會制度並存。中國的主體部分實行社會主義制度，臺灣、香港、澳門地區實行資本主義制度。兩種不同的社會制度，長期和平共存，誰也不吃掉誰。〔註6〕2001 年 6 月間，在島內頗具影響的 TVBS 電視臺、《中國時報》和《聯合報》進行的三項民調結果顯示，支持「一國兩制」的民眾僅為 3 成 1、2 成 9 和 3 成 3，〔註7〕這與 20 世紀 90 年代初 1 成左右的比例相比，此比例已是驟升，但仍可見臺灣民眾對於「一國兩制」所持的懷疑與觀望的心態，這不能不說是與媒體的相關論述息息相關。

對於香港所實行的「一國兩制」情況，臺灣媒體記錄了它出現問題時的場景：

> 六年前，一九九七年七月一日，香港下了一天的雨。但是，九龍彌敦上長達二點三公里的「燈籠」，從油麻地一直延伸到尖沙咀，隔著維多利亞港與中環燈海相映，節慶氣氛濃稠如蜜。六年後的同一天，香港攝氏三十多度炎熱高溫，數十萬香港人頂著太陽，從銅鑼灣走向中環的政府總部呈遞抗議信。抗議人潮之多，超乎預期，先頭隊伍到了目的地，尾巴還沒出發。這是八九年「天安門事件」百萬人上街之後，香港最大規模的一次集會遊行。誰都看得出來，「一國兩制」出現了重大危機。（《中國時報》2002.7.2）

《中國時報》對「一國兩制」民調設計問題為：請問你能不能接受中共提出的「一國兩制」主張？（就是依照香港模式，將臺灣看作地方政府，取消「國號」、「國防與外交主權」，接受大陸統治，但臺灣享有目前的民主與經濟體

〔註 6〕 《一國兩制全解讀》：http://www.huaxia.com/zt/2003-54/pl.html。

〔註 7〕 楊立憲（2002.1）：《當前臺灣在有關兩岸關係問題上的主流民意探討》；《臺灣研究集刊》。

制）。〔註8〕從此提問設計可看出，媒體並沒有給出「一國兩制」的本來含義，而是一種誘導性的解釋與誤讀。由此顯示，大眾媒介對民意的影響上，以技巧性的安排與整理，具有提升政治意識的功能。

對於臺灣是否應如香港實行「一國兩制」的情況，各報如下評論：

香港一國兩制是臺灣兩千三百萬人民所無法接受的。（《中國時報》2002.7.2）

眾所周知，臺灣與香港情況是完全不一樣的，不能相提並論。政府的立場一向堅決反對「一國兩制」的併吞模式。（《中央日報》2001.12.28）

胡錦濤新年賀詞又重彈一中老調。（《自由時報》2006.1.1）

「一國兩制」及以中共為主體的「一個中國原則」更拘束了建構兩岸正常關係與完整架構的可能。（《蘋果日報》2004.1.26）

在整體話語中，通常具備「文體的一致性」（stylistic coherence），作者為達成其在話語中「意有所指」的企圖，在用字遣詞上往往呈現一致性，同時，這些字詞也都具備相同的評價面向。〔註9〕新聞顯然是一種選擇及意義化的過程，新聞價值框架強調「衝突」的新聞規則，造成各報幾乎不約而同地選擇相同的新聞重點，並使用類似的標題措辭，新聞事件的意義賦予，也明顯地基於歷史情境的比較。事實上，即使曾經比照不同媒體，對新聞事件的「事實」認定，似乎不可能有太大的差距。當客觀真實越不容易探求時，受眾的主觀真實也就越接近新聞內容所造就的媒介真實，而接受媒體所提供的意圖、偏見與隱藏其中的意識形態。有許多議題並非源起於媒介，而是來自公眾本身的經驗；媒介發掘了這些議題，報導它們，使它們進入了公共領域；但這些媒介內容無法自外於政治系統，必須在情境中各種因素交互作用下，才會產生「飽和報導」。〔註10〕

在這裏要提到《蘋果日報》對大陸新聞報導的特點，因其市場化的報紙定位，對大陸政治形象的建構，即處理「硬新聞」時，常以「軟性」新聞的方式（報導輕、薄、短、小的特點），運用「坦率直言」的風格把大眾日常生

〔註8〕　《中國時報》：2001. 6. 20。

〔註9〕　Van Dijk, T. A（1983）. Discourse Analysis：Its development and Application to the structure of News. Journal of Communication. 33（2）.

〔註10〕　翁秀琪（1998）：《大眾傳播理論與實證》；臺北：三民書局。

活的語彙嵌入「硬性」報導裏，這與臺灣報紙長期以來重視公共價值的新聞和言之有物的分析特稿極為不同，為臺灣報業帶來「蘋果化」的衝擊。但《蘋果日報》存在一個極大的缺失，即對硬新聞大多沒有自己原創的意見，而是採取模仿與類化的做法。雖然，它不多以意識形態作為著重點，但也無法自外於所處的社會政治總環境，而對主流媒體的意識趨之若鶩。

　　監督的技術，主要是為了塑造一個「溫馴的身體，它可以被屈從、被利用、被轉化與被改進」。〔註11〕政府被監督，因為權力是流動的，並非固定不動的。實際上，媒體呈現的由平民發聲的主體性言說策略，以正當性與合理性的社會價值和規範，扮演著對「他者」監督的角色，暗含著權力的運作與社會的控制。臺灣媒體對於大陸政治形象的建構過程中，這種「監督」角色的定位表現得更為突出。媒介除了被動地反映某些事物，還必須主動地參與繁複的「議題建構」過程。換言之，媒介除了把聚光燈照在某些事件和行動上面，讓公眾注意；還得進一步地將之聯繫到一個更大的意義架構裏面去理解，它所使用的語言——無論明喻或暗喻——均具有強烈的象徵意義，進而影響到交流主體之間互動的進程。〔註12〕

第三節　臺灣媒體對大陸經濟形象建構

　　中國大陸以廣闊的市場和巨大的商機成為經濟快速發展的磁力，有「世界工廠」之稱，中國經濟發展受到臺灣媒體高度關注，經濟報導總體是積極而富有活力的，這體現在對經濟報導的態度取向方面（見表 2－5－1）。在新聞報導正面態度取向中，臺灣媒體多運用其在報導有關大陸的經濟、科技發展以及文化等主題。從總體上來看，經濟報導較為客觀，能夠體現大陸經濟發展迅速、繁榮景象的特徵，經濟改革中出現的新事物、新舉措，成為臺灣媒體對大陸經濟形象建構的著重點。

　　另一方面，大陸經濟形象的正面建構也是因應臺灣與大陸的互動雙贏的利益關係，前述的量化結果顯示，在經濟報導中以利益訴求占最高比例（見表 2－6－2）。當兩岸政治意識型態齟齬或桎梏消失時，兩岸財經報導多於政治報導，政經氣氛熱絡。「臺灣最大貿易夥伴」、「臺灣有力的經貿合作的合作

〔註11〕Foucault Michel（1970）. The Order of Things. London：Tavistock.
〔註12〕李金銓（1998）：《媒介市場與政治衝突：海峽兩岸新聞交流十年》；臺北：東亞季刊。

者」、「互利互惠的經貿交流」、「兩岸關係穩定發展的最佳保證」的論述成為重要注解，臺灣媒體多以兩岸經貿政策及經貿交流為主要論述內容，建構大陸與臺灣的「利益」與「夥伴」關係的印象，成為臺灣媒體傳達的重要信息。

對於兩岸的經貿交流與政策在報導立場上多以「正面」為論述基調，強調兩岸經貿交流符合市場機制原則，實為全球化觀點考量下的競爭策略，兩岸產業分工方能共同面對全球化競爭。當兩岸面臨較大的局勢變化時，例如，加入世界貿易組織（WTO）後，強調彼此間應合作才能共存，互利共榮是兩岸最好的交往共處之道。而對於臺商前往大陸的舉措，突出乃為突破現有產業經營瓶頸的方式，說明大陸已是全球工廠，「找不到工作的民眾大量湧入大陸尋找第二春」。在經濟利益夥伴形象面前，臺灣媒體以文化認同的複雜情感為論述手段，強調同文同種是兩岸交流的特點，也是「臺灣異於其他國家的優勢」，這些新聞話語明顯然不同於兩岸政治新聞報導的論述。

實際上，兩岸經貿新聞已意識到政治面向存在的意義。過去幾十年的歷史經驗表明，兩岸政治對立給兩岸人民造成的經濟損失不可估量。但經濟卻無法自外於政治，經濟「政治化」的現象，也是媒體建構的社會真實。臺灣媒體肯定兩岸經貿交流的必要性，但必須自我設限的原因為「中共不釋善意」，例如，投資、貿易管制過多以及未放棄武力威脅。其原因與結果多為：「臺灣面臨大陸的經濟攤牌，屆時，經濟一旦沉淪，臺灣人民怎有選擇顏色的機會？」、「以經促政、以商圍政」、「臺灣太傾中，臺灣走向自殺」、「全球化不是中國化」。臺灣媒體在建構兩岸經貿議題時，雖陳述經濟理性考量，但仍會以「國家」安全的意識形態和政府政策為主要基點，即經濟利益仍然必須服從政治利益。

臺灣媒體對於「兩岸直航」、「三通」問題的報導與評論是論述兩岸經濟關係的重點。有關報導大多持「三通有利臺灣」、「早日開放三通」的立場，表示應經雙方以互信基礎，建立對話機制協商談判進行，凝聚共識推動合作，而非片面開放為之，更突出強調「關鍵是臺灣更需要三通」的媒體論述。由於報社各擁其主的政治立場，其報導仍存在著零散化、表面化的特點，仍然未跳脫意識形態的泥淖，惟恐會因「三通」涉及臺灣的「國家安全」問題，結果必然是，無法為臺灣民眾提供一個周詳而全面的兩岸經濟如何互補互利的完整印象。

兩岸經貿關係不穩定必將對兩岸社會造成嚴重傷害。實際上，臺灣媒體

在建構大陸與臺灣經濟夥伴的利益關係時，是與商界保持著一定的共識，對於兩岸經貿交流正常規範，回歸市場法則，討論和處理長期性、結構性、前瞻性兩岸經貿的共同利益和議題，共同致力推動兩岸經貿持續健康發展，亦有相當共識。「兩岸經貿正常化，兩岸共同市場或大中華自由貿易區就會自然浮現」，〔註13〕這不僅是臺灣媒體的期待，也是臺灣民眾的期待，期待以臺灣人民的智慧和努力，必可掌握有利商機，以和平與合作的既要「尊嚴」又要「實質」的需求，提升「國家」競爭力。

因大陸經濟尚處於開發期，報導不斷作出注解，「投資中國你必須知道的陷阱」，言之鑿鑿地表明：大陸經濟處處是商機，也處處是陷阱。臺灣媒體在建構經濟形象時也就自然地是對大陸的整體形象的描述，實際上，更聚焦爲「大陸人」的形象再現，這種形象便打上負面的烙印。媒體強調某些經濟事件、活動、團體、人物，不同的事件需要不同種類份量的報導來引起民眾的注意，並且，這些被引起注意的事件仍然須要加以整理、貼標籤，它們必須與某些問題或民眾的關懷聯結在一起。同時，再將事件與次象徵符號（secondary symbol）聯結在一起，使得事件成爲整個政治生態的一部分，從而代表各種立場的利益的發言人就在媒體上出現競爭媒體對他們的注意力。

在對大陸經濟形勢的分析中，臺灣媒體認爲中國經濟改革與政治密不可分，經濟發展與否、發展的良莠是中國面臨的巨大挑戰。

> 只要中國大陸的經濟出現停滯或倒退，中共領導人就很難坐的住了。（《中國時報》2005.1.19）

在大陸經濟發展過程中存在的問題也是大陸經濟形象建構不可缺少的組成部分。例如，強調金融體制不健全、體系自身不完善、安全網絡和防範體系不嚴密等缺陷的經濟報導，尤其是涉及百姓衣食住行的日常生計的經濟報導，更多關注市場的無序與混亂，追逐利潤而無誠信，奉行重商主義的價值理念等問題。因此，假冒劣質、食品、社會治安、環境污染等問題，例如，「中國大陸是全球仿冒品的最主要來源」、「廣海鹹魚浸農藥防蚊蟲」、「嬰粟入菜」、「黑心工廠生產假 HaagenDazs」、「上海奶瓶竟拿回收光盤當原料」等有關民生報導，成爲常規經濟議題。刻意製造、揭露社會存在的種種危機，將宏觀而抽象的經濟問題轉化爲微觀而具體的社會問題時，這種直觀的經濟形象，

〔註13〕《中國時報》：2006. 1. 26。

即經濟形象社會化的傾向，不僅以大眾化的措辭引起受眾的強烈共鳴與認同，也反映了社會中某種主要的意義解釋方式與其中所隱含的權力關係。

實際上，大眾媒介相互影響及建構彼此的議題，不論文字或電子媒體，只要是愈看重新聞、愈追求焦點、熱點的媒體，或是說愈具競爭力的媒體，在新聞類別的選擇序列上，政治、經濟優先是常態，災難性、爭議性、具有衝突意義上的新聞都會是焦點版面的重點。這也正如學者的研究發現表明，媒介中有所謂的意見領袖的存在，議題會在不同性質的媒介（如意見領袖媒介、另類媒介、電子媒介、印刷媒介）之間傳播，官方性議題（或敏感程度較低的議題）會從意見領袖媒介傳播布道另類媒介，產生「共鳴效果」，而反對性議題（或敏感程度較低的議題）則會從另類媒介傳播到意見領袖媒介，產生「溢散效果」，而無論意見領袖媒介或另類媒介的報導，都會形成一股連鎖反應，使得一個事件能夠成爲所謂的「議題」，這也就是媒體「議題建構」的過程。

第四節　臺灣媒體對大陸安全形象建構

關於大陸整體形象中的安全形象建構主要包括軍事、外交等新聞主題，根據前述的量化分析結果顯示，軍事報導以恐懼訴求爲主、外交報導以利益訴求爲主（見表 2－6－2），這體現著一種矛盾而尷尬的心理表徵。一方面期盼中國大陸的國際地位的提升，帶給臺灣經濟的回報，「在國際事務上，未來更不能迴避中國」；另一方面，中國快速崛起，不斷強化外交和軍事力量對臺灣的負面影響，「整軍侵臺不遺餘力」。因此，「中國崛起」、「中國威脅」成爲大陸安全形象建構的關鍵詞。

隨著中國國際地位的逐漸提高，中國在世界舞臺上具有一定的影響力和號召力，在國際事務中扮演著重要而積極的角色。2003 年 12 月 10 日，溫家寶總理訪美期間在哈佛大學發表題爲「把目光投向中國」的演講，他提到：中國是個發展中的大國，我們的發展，不應當也不可能依賴外國，必須也只能把事情放在自己力量的基點上。這就是說，我們要在擴大對外開放的同時，更加充分和自覺地依靠自身的體制創新，依靠開發越來越大的國內市場，依靠把龐大的居民儲蓄轉化爲投資，依靠國民素質的提高和科技進步來解決資源和環境問題。中國和平崛起發展道路的要義就在於此。〔註 14〕中國政府第

〔註 14〕　《偉大民族復興的道路選擇──論中國的和平崛起》，http://news3.xinhuanet.

一次向外界清晰明確地用「和平崛起」的概念爲未來的中國進行角色定位。
2004 年 3 月 14 日，溫家寶總理在十屆人大二次會議記者會上，再次向全世界
重申了「中國和平崛起」的要義：第一，中國的崛起就是要充分利用世界和
平的大好時機，努力發展和壯大自己。同時又以自己的發展，維護世界和平。
第二，中國的崛起應把基點主要放在自己的力量上，獨立自主、自力更生，
依靠廣闊的國內市場、充足的勞動力資源和雄厚的資金積纍，以及改革帶來
的機制創新。第三，中國的崛起離不開世界。中國必須堅持對外開放的政策，
在平等互利的基礎上，同世界一切友好國家發展經貿關係。第四，中國的崛
起需要很長的時間，恐怕要多少代人的努力奮鬥。第五，中國的崛起不會妨
礙任何人，也不會威脅任何人。中國現在不稱霸，將來即使強大了也永遠不
會稱霸。〔註15〕「中國和平崛起」正式成爲一項帶有根本意義的國家戰略。

　　針對「中國和平崛起」的國家戰略，西方學界和政界有一派人認爲中國
在 21 世紀的表現與德國在 20 世紀初的迅速崛起極爲相似，而「中國」在他
們眼裏是個既有「強烈自尊心又傲慢十足的國家」。早在 1997 年，美國總統
喬治・W・布什班底成員保羅・沃爾福威茨（Paul Wolfowitz）曾撰文尖銳指
出：它（中國）會爲了重拾昔日榮耀而不遺餘力，以恢復所謂的「軸心國」
地位。言下之意，中美之間的衝突甚至戰爭是不可避免的。而臺灣政治立場
的美國偏向是其一直以來堅守的信條，所以，充分認同「中國威脅論」，也是
對中國「和平崛起」的回應。「北京要威脅攻打臺灣，竟然還聲稱自己是和平
崛起？」、「和平崛起中國不用武也可制臺」、「美國人確實對中國的逐步崛起
已感到不安」，從這些危機話語的強調與重複使用的過程中，可見「崛起」兩
字帶給臺灣的感受的確夠複雜而不安。

　　　　「和平崛起」強調的是以非軍事手段處理臺灣問題，但如果兩岸軍
　　　　事能力落差太大，中國就可以拿軍事當工具，輕易以「政治勒索」
　　　　的方式奪取臺灣。（《蘋果日報》2004.6.1）

臺灣媒體強調中國大陸的發展帶給自身以及對世界的影響，尤其是與美國等
國家的外交關係，直接或間接地對臺灣產生的「威脅」都成爲大陸安全形象
建構的焦點。例如，「中共獲得外交上的報償，會投射到它眼中的臺灣問題的

---

eom/world/2004-02/17/eontent_1317011.html。

〔註15〕　《「中國和平崛起」成熱門話題媒體披露產生過程》，http://www.ehinanews.
　　　　eom. en/n/2004-04-08/26/422973.html。

解決上」、「大國是關鍵，周邊是首要，發展中國家是基礎」、「中共至今仍不排除武力犯臺的可能性」，此時，臺灣媒體的論述與臺灣當局的政治態度相當對等。實際上，臺灣當局渲染臺灣面臨的「軍事危脅」，實為向美國進行軍購製造藉口，試圖推動臺軍「美國化」，企圖藉由美軍「協防」臺灣，「抵禦」所謂「中共武力犯臺之威脅」。因臺灣媒體政治立場的不同，對於政府的軍購行為會有不同的表態，秉持批判監督的權力作用，但從中我們可以體察到，這種批判的基點在於——大陸要承擔主要的責任，大陸是造成「兩岸人民」悲劇的源頭。

> 如果兩岸因此陷入一場沒有止境的軍備競賽，這將是兩岸人民的一項悲劇。（《中央日報》2004.9.3）

無論如何，對於大陸軍事力量的不斷強大而心存芥蒂已是臺灣媒體論述的常態，並且認為「大陸」意在以「軍事」掩飾內政的「危機」。

> 北京將會繼續利用展現武力來試圖加強控制大權。（《中國時報》2004.6.19）

當然，臺灣媒體會以十分「樂觀」的態度預測：

> 在中共暴露弱點的時候，美國如果派遣一艘航母艦到中國大陸外海中共演習的地區，就能輕易戳穿中共軍方實力強大的假象。（《中國時報》2004.6.19）

當媒體面對爭議性議題時，最常表現選擇的首要原則是要與事件的衝突性相呼應。臺灣媒體對於中國大陸的軍事發展及相關狀況的報導，易以宣揚中國的資源威脅、環境威脅及人口膨脹等方面為問題，以達到遏制中國的「威脅」的目的，且多引用美國的「中國軍力報告」為事實依據與權威論斷，這是與臺灣一向「親美」的立場相吻合。諸如「美國官員透露中國對臺的飛彈數量為一千四百餘枚，」〔註16〕的引述成為一種結構文化，這種間接地物質性因素的存在，在臺灣常被視為一種威脅，而此種「威脅」的存在均表示「臺灣不可以放棄安全的警覺，實力才是真正和平的基礎」的意涵。實際上，臺灣媒體對美國等國外媒體的資料、例證等數據進行引用，以及對美國官方權威消息來源的引用時，論據並不周延，合理性仍待質疑，這也是臺灣媒體「模糊訴求」的話語框架。

〔註16〕《自由時報》：2008.3.30。

　　對臺灣而言，不論在政治、經濟、學術、文化層面，對於美國的依附情形都極為嚴重。當然，意識形態也受美國影響深遠，認為美國必然是「正義的」、「民主的」、「進步的」，習慣以美國為思考判斷的標準，尋求美國等國家的國際見證，為臺灣建構和平環境。實際上，臺灣尚未進入對帝國宰制提出批判的「後殖民」社會。〔註 17〕所以，臺灣對美國的信賴，美國是否能在危機時保護臺灣，都是常常出現在媒體的論述。因此，臺灣媒體在建構大陸形象時，特別重視美國因素對中國大陸的觀點與看法——「影響兩岸互動走向最關鍵因素，是華府、北京、臺北三邊關係」。〔註 18〕在報導中常常表示美國在兩岸關係中可扮演「穩定者」及「平衡者」的角色，且在表達對美國的期望時，都以「盼」這個動詞來表達美好願景，並且在後續句中，皆以被動形式表示處境與困境，這顯示出臺灣在臺美關係中處於權力弱勢的一方。若臺灣處於較為強勢的一方時，可能就會改用「要求」、「期許」、「重申」的態度，並用主動句表達臺灣的意願。在眾多的臺灣民眾中，亦有對美國不滿的聲音，但媒體卻特別標示其「獨派」，以統獨意識處理相關爭議，這些論爭呈現了臺灣媒體對於臺灣政治本身意識形態的複雜情感。

第五節　臺灣媒體對大陸社會形象建構

　　關於大陸社會形象建構的常態配置，一般突出表現為在社會問題、環境、衛生、教育、文化等方面的的報導，以此概述大陸的社會狀況、人們的思想方式等方面的「刻板形象」。從特殊性、比較性、趣味性等不同原則選擇值得報導的主題，試圖從不同角度切入新聞，使臺灣民眾能夠以更為多元全面的方向來認識大陸，這種變化除配合政治環境以外，也是臺灣媒體競爭態勢逐漸地從島內本土新聞演變到對大陸新聞的競爭。在建構過程中，臺灣媒體報導「軟性」的社會新聞，實際上，仍強調「硬性」所具有的政經意涵。

　　《中國時報》一向強調報紙文化底蘊、社會正義的傳播功能，針對大陸風土民情、生活形態等介紹大陸社會文化層面的軟性新聞有所著重，但其關注點更著點於大陸民眾的文化、教育、價值觀等理性思辯色彩。例如，關於「兩岸書市」的專題報導〔註 19〕——「隔著心結隔著海」、「大陸書在臺灣小

〔註 17〕　廖炳惠（1994）：《導讀：後殖民論述》;《回顧現代：後現代與後殖民論文集》;
　　　　　臺北：麥田，頁 13～23。
〔註 18〕　《中國時報》：2000. 12. 31。
〔註 19〕　《中國時報》：2005. 1. 10。

眾少沙龍」、「中共軍事書籍專賣店藏身高樓」等，為對於大陸是全球增長最快的出版市場的形象進行定位，也為大陸如何在臺灣開書店提出理性建議。

對爭議性的社會議題突顯批判與反思意識。例如，關於三峽工程的報導，從民族歷史文化的角度反思，認為「它（三峽工程）是歷史三峽的輓歌，也是文化三峽的輓歌，他們終於讓三峽消失於中國人的腦海中，只剩下回憶。〔註20〕經過媒體的不斷強化與重複，漠視民族文化、破壞環境生態的大陸形象也就在不知覺中得到印證。

2004 年，哈爾濱發生「寶馬車」事件，臺灣媒體報導以大陸普通民眾的話語與視角為出發點，看似客觀性公正性的新聞價值觀念，實質是批判大陸現存社會體系中民主與正義的缺失狀況。

> 最近大陸流行一句很無釐頭的問候語：小心別讓寶馬（BMW）撞了！
> 這句話在問候者與被問候者中間，除了會心苦笑，潛藏的同樣是大陸民眾對公檢法系統的不信任，更包含大陸民眾貧窮對富裕、庶民對權貴的無言抗議。（《中國時報》2004.1.10）

《中央日報》因其政黨報紙的立場定位，對大陸社會新聞的報導較少，大多表現為兩岸社會、文化交流會議與活動的報導，表現為一種簡訊式的發佈，呈現兩岸文化交流互動欣欣向榮的景觀，臺灣民眾基本上無從瞭解大陸文化的內涵與意義。

《自由時報》大部分聚焦大陸的災難、犯罪、以及社會百態中極具煽情性的社會新聞，其側重點完全是一種對抗式的「敵意」關係表現，報導不斷印證大陸「危機四伏」的形象再現。例如，有一則報導是關於臺灣當局破獲臺灣一詐騙集團，假冒大陸公安騙取大陸民眾的刑事案件，被害人為大陸普通民眾，報導中無任何來自大陸的聲音，其標題為：「反攻大陸 簡訊詐中國賺回人民幣」〔註21〕，其得意之情溢於其外，足見對大陸偏見至深至切。

《蘋果日報》「完全市場導向新聞學」的定位，確立了商業考慮為先，市場需求為本，較其它報紙而言，關於大陸社會報導的比例較高。其社會報導議題多是奇人異事的萬生相，其中，災難事故、社會問題仍是重點，但也會將關注點轉移到普通民眾生活、大學教育改革、大陸風土人情等問題，並以純真的情感訴求為策略，進行較為客觀、多元、平衡的報導。若從縱深總體

〔註20〕《中國時報》：2005.2.8。
〔註21〕《自由時報》：2006.1.19。

來看，這類報導在整體構成中又顯得過於渺小，只是發揮輔助角色作用。

實際上，「壞新聞便是好新聞」——民主、公平、正義的缺失仍是臺灣媒體建構大陸形象時所選擇的話語。臺灣媒體對於大陸社會報導最終所指向的目標是與政經等硬新聞的意義是一致的，它所表達的意圖仍難脫離意識形態的藩籬。總體而言，臺灣媒體在多層面的報導中呈現大陸的整體印象，對其形象的建構相對客觀而完整，多元而對立，十分有趣而豐富多彩。從中可以感受到臺灣媒介中的「大陸」朝著正面發展的力量在提升：大陸是個快速發展的地區，發展高度集中在城市，城鄉差距極大；軍事外交力量強大，逐漸上升為強國，威脅性漸顯；大陸多數人性情良善，比較肯吃苦，但較現實；經濟開放成長，政治封閉，硬件建設優良，人文素質有待提高，重建中國文化待人處事、善良風俗及安身立命思想；黑暗面仍值得關注，離整體文明尚遠。

時代與歷史造成兩岸分歧，它的合理解決需要時間，但絕不是以威迫、打壓或攻訐的手段來達成。兩岸間之所以有「關係」好壞的判別標準，或者從最根本來說，為何會有「兩岸關係」的出現，完全是出於兩造行為體，即中國與臺灣的互相構成而言。〔註22〕顯然，源於對「一個中國」內涵的不同理解所產生泛政治化的影響四處可見，臺灣媒體並對此加以形塑認知與整合再造，因此，報導中的大陸常以政治作為威脅、阻礙兩岸文化交流發展的手段與武器。當然，臺灣媒體意識到兩岸交流過程中存在「泛政治化因素」的不良後果，也提出良好的願景與相處之道。但若反觀之，就會發現，臺灣媒體「反省」的是「對岸」官方或民間的「不良做法」，最終是歸咎「中共」的論述態度上，卻未對自我提出良策。

實際上，臺灣媒體對大陸形象的建構體現一種期待，期待大陸要有所改善，而改善的參考對象是對岸，即媒體論述中的臺灣「自我」。

「新聞中都是事實，也只有事實，沒有他物」，這是新聞一直堅持的理念。但新聞報導無可避免地是新聞工作者個人以及新聞組織對這些事實的「轉換」或「再現」，經由符號或語言加以描繪。新聞內容所涵蓋者雖然仍為事實，但是這些事實經由轉換或再現，卻已是「加工」後的產品。這種再現造成「刻板印象」的產生，在臺灣民眾對於兩岸議題、大陸情形大多無法親自接觸、瞭解不夠深入、認知低的情況下，極易受到媒體有意無意對於某些事物的重

〔註22〕秦亞青（2001.3）：《國際政治的社會建構——溫特及其建構主義國際政治理論》；《歐洲研究》，頁 4～11。

視與選取呈現，而影響到受眾對事件的關心重視程度與感覺認知，達到所謂框架的效果。即媒介不斷地將「外在世界」形塑成爲受眾「腦海中的圖象」，爲個人建構了對於外在社會環境的瞭解認識。並且，媒體以內容的高度一致性及重複、累積進行議題設定，阻礙了閱聽人能夠真正從媒體內容作挑選。但是，大眾媒體對民意過程的影響，絕非具有單一決定性，即媒介內容若與大部分民眾的觀點有差距，通常只能帶來表面共識的假象。他者形象建構分析作爲一種思考方式，將以上的概念完整扼要地串連起來，再現了知識和權力的結構，試圖在寬廣的歷史、文化和社會關係中爲中國大陸印象尋找一個定位。

第三章　臺灣媒體對大陸形象建構的策略

　　媒體與社會的關係歷經反映論（reflection）、再現論（representation）、類像論（simulation）三種主要的解釋觀點。〔註1〕其中，再現論主張媒體並非被動地反應社會狀況，而是從無數紛雜零星的社會事件中主動加以挑選、重組、編排，以文字或圖象等符碼組成一套有秩序、可理解、有意義的敘述方式。語言本身被看成是產生特定意義的中介物，而媒介憑藉新聞報導或是娛樂文化等特定的語言使用方式建立出有關社會的「真實效果」，亦即受眾接受媒介所呈現的世界觀的合法正當性，將媒介對社會的呈現視之為自然且真實。再現論關心的不是「真實」本身是什麼，而是媒體重組社會狀況時是否對受眾建構出了「真實效果」。當媒體記者、編輯利用文字、圖片等符號將真實事件轉換成新聞時，要達到某種客觀真實的境界，無非是一種神話或一個理想而已。〔註2〕新聞媒體對於報導新聞的中介性，既然是界定事實、賦予事物意義的過程，就必然牽涉到選擇及排除的過程，是一種建構或再現。

　　將此概念運用在新聞媒體的報導中，媒體內容是「符號真實」，是新聞機構或從業人員經過各種新聞價值、社會意義、報社立場，甚至個人利益等中介後，透過版面的安排、標題設定等處理，將真實呈現在受眾面前。媒體並未客觀地反應社會現狀，經常偏重某些層面、行為態度與生活方式，而新聞記者在面對事件時，也必然會引用既有的意義與規範，予以解釋、選擇必要的新聞處理。

〔註1〕 張錦華（1994）：《傳播批判理論》；臺北：黎明文化。
〔註2〕 彭家發（1994）：《新聞客觀性原理》；臺北：三民書局。

　　新聞媒介往往以一套邏輯或框架，由眞實世界中的系統的選擇所需的資源後，加以重組排列組合，進而呈現讀者所謂事實的眞相，意即媒介眞實。在解析媒介如何進行建構過程中，常運用新聞框架（媒體報導的方式）來研究媒體，尤其是在檢測媒體如何框架特定的新聞議題時，是轉換社會眞實爲主觀思想的重要憑據及法則，可以幫助讀者將媒體傳送的素材加以組織、選擇和詮釋。

　　「框架」一詞，如將之視爲名詞用在新聞文本上，可稱爲新聞內容的中心思想；如放置在整體社會上，可稱爲人們解讀外在事件的心理原則與主觀意見；如將之視爲一動態過程而言，便是所謂的「框架化」。在框架化的過程中，媒介可能選擇或排除某些訊息，應該將新聞視爲「說故事」，而非新聞事件的本身。「框架化」運用在檢視新聞文本上，可讓我們得知媒介透過何種機制建構我們所熟知的符號眞實。因此，「框架化」可說是爲呈現名詞「框架」所運用的各種技巧、策略或方法的動態過程。就日常生活的新聞而言，我們可以簡單扼要地抓住新聞的重點，但未能一窺事件全貌，原因乃在於新聞產製過程中涉及了選擇、排除與詳述等過程，織羅出符合社會認知與組織期望的新聞內容。

　　媒體在處理重大議題時，所採用框架不盡相同，且多與媒體立場及當時政經環境等因素有關，框架其實隱含有負面的意涵。由於人們習慣於用自我熟悉的角度作爲思考與解釋的基礎，無意間會「忽略」了框架界限以外的眞相，進而產生對事件造成偏見。因此，「偏見」可謂是人們框架眞實的負面效果。框架具有框架化部份眞實的能力，每一則新聞文本都僅能「再現」部份眞實。

　　臺灣媒體對大陸形象建構的過程中，新聞的核心意義也是透過不同框架加以「選擇」與「重組」，即有選擇性地理新聞內容的若干細節、也排除了某些部份。選擇與重組機制可能發生於框架的任一層次之中，〔註3〕經過選擇與重組機制，表達對事物意義的重視程度，因而累積成爲獨有的價值觀或意識形態。〔註4〕這種框架化的過程具體在大陸形象建構過程中表現爲：

〔註 3〕 鍾蔚文等（1996）：《新聞記者知識的本質：專家與生手的比較（I）》；國科會專題研究計劃（NSC-85-2412-H-194-006）期中報告。

〔註 4〕 臧國仁（1999）：《新聞媒體與消息來源：媒介櫃架眞實建構之論述》；臺北：三民。

一、大陸實力的強大對臺灣產生不同面向的影響，中共是否會用經濟、軍事外交影響充當政治武器，迫使臺灣接受中共的政治意圖；

二、受政治因素的影響與限制，在國族認同上呈現「安全與利益」、「整體與個別」、「統與獨」的多重矛盾，呈現大陸印象亦是反思自我的存在，呼應臺灣自我再現為「政治共同體」的政治想像；

三、上述兩層意涵對臺灣未來產生不安和懷疑的意味，經由媒體的詮釋，答案具有高度可能性，而引發一種強烈危機感。

據此，可將臺灣媒體對大陸形象建構的策略初步歸類成兩類模式：一是自我認同話語的媒體論述；二是危機話語的媒介再現。

第一節　認同話語：基於「他者」建構的自我省思

一、自我與他者：差異中尋求身份認同

「他者」是產生於人類學的一個概念，人類學家研究關注的對象是「別人的世界」，這個「別人的世界」多指人類學家在研究具體人群時所面對的不同於自己的文化。所以，「別人的世界」常常用大寫的「他者」（Other）來表示。因此，「他者」是一個文化的概念，即指不同於自己的那個文化。「他者」是作為「非我族類」的意義存在著。所以，異國、異域形象不再被看成是單純對現實的複製式描繪，而是被放在了「自我」與「他者」，「本土」與「異域」的互動關係中來進行研究。「形象就是一種對他者的翻譯，同時也是一種自我翻譯。」〔註5〕從根本上講，關於「他者」研究是對「主體─他者」對應關係及其各種變化形式的研究。因此，在這個異國、異域形象研究中，這個不同於自己文化的「他者」概念發揮著重要作用。

新聞是一種論域的表現形式，媒體論域已成為圖象化論域，以固定而具體的形象再現，加上權力流動的關係，建構屬於特定意識形態概念的「真實」。權力者運用語言和符號去建構他者，透過再現的方式，呈現出「自我」和「他者」的差異，進而構成「認同」（identity）的基礎。

當經由詢問「我是誰」時，表達出認同，即「認同」表示一個人對於自己是誰，及身為人的特質的理解。認同仍有關於隸屬（Belonging），即關於你

〔註5〕（法）達尼埃爾——亨利·巴柔：《形象》；孟華主編《比較文學形象學》，頁164。

和一些人有何共同之處，以及關於你和他者（others）有何區別之處，從它的最基本處來說，認同給你一種個人的所在感（a sense of personal location），給你的個體性（individuality）以穩固的核心。認同也是有關於你的社會關係，你與他者複雜地牽連〔註6〕。人們在定位自己時，也在為他人定位，為自己與他人的關係定位。因此，自我定位不是自我可以單獨完成的，自我存在於「他者」的關係中，一個人只有在其他自我中才是自我，在不參照其他人情形下，自我是無法得到描繪的。〔註7〕對「他者」的承認或誤認，是造成自己對自己認同的一種看法，他人的認同與自我建構認同意義間相互關聯。

實際上，臺灣媒體對中國的「言說」或者把這作為「主題」的敘事，隱含著「他者」映現「自我」的功能，主要是希望從「中國」這個「他者」身上找到「自我」。也就是為了尋找一個外在於自己的視角，以便更好地審視和更深刻地瞭解自己。因為，「他者」已經與主體的「自我」的社會集體想像聯繫在一起，成為一個社會一種思想或一個價值體系的一種映像，會創造出一種新的類別或角色，而這個新的類別與角色就是一種「集體身份」，亦稱「集體認同」（collective action），這是一個界定共同利益的過程。但要真正「外在於自己」卻並不容易，因為，認同是一個認知過程，在這個過程裏，自我與他者的界線會變得越來越模糊，甚至到了最後，自我被歸入他者。〔註8〕在很長一段時間內，一直是作為一個「他者」出現的「中國印象」，其有價值之處正在於此。

二、臺灣媒體在「他者」建構中自我省思的認同話語

在中國各省中，沒有一個省份如同臺灣一樣，有這樣突出的「省籍」問題。1949 年，由於國民黨政權敗退臺灣，隨之而來的有 100 多萬外省人湧入臺灣，這種大量「政治移民」的現象十分特殊，形成了一個令人矚目的外來群體。於是，原來（指 1945 年 8 月臺灣光復之前）已經居住在臺灣的一部分人，被稱為「本省人」，而在戰後進入臺灣的則被稱為「外省人」。這本來只是不同省籍的區分，但由於政治的原因，卻形成了不同「族群」的界限。在

〔註 6〕 Weeks, J（1990）. The Value of Difference. In Jonathan Rutherford（eds）Identity：Community, Culture, Difference. London：Lawrence & Wishart. pp.88.

〔註 7〕 Taylor, C（1989）. Source of the self：the making of modern Identity. Cambridge, Mass：Havard University Press. pp.35.

〔註 8〕 Turner, John（1987）. Rediscovering the Social Group. Oxford：Blackwell.

臺灣，通常分爲四大族群：外省族群指 1945 年後來臺的大陸省籍人士，其中，又以 1949 年隨國民黨撤退到臺軍民爲多數，本省族群爲明、清或更早「唐山過臺灣的移民，以福佬人（閩南人）爲最多占總人口數七成以上、客家人次之，另外，原住民族爲最早居住這塊土地上的族群，這本不是一個科學的區分，但卻是在臺灣歷史上形成的，已經成爲約定俗成的說法，這也是政治人物、大眾媒體所塑造的四大族群身份認同。

省籍問題一直被認爲是臺灣一個敏感的議題。它最普遍的意義，是指「本省人」與「外省人」之間相處不融洽、有隔閡、甚至歧視的問題，它確實是一種「不對等」的關係，這種不對等關係受歷史上的互動過程影響，也由近代社會的組織原理所形成。它把「省籍」問題當成一種不勻稱的社會組織原理，有的族群因而取得較優勢的社會位置，有的則被壓迫處於劣勢的社會位置。省籍的不平等關係，經常是臺灣政治反對勢力（指當時的民進黨及黨務外人士）經常沿用的政治修辭，用來擴大他們的政治動員基礎。國民黨執政時期被指爲「外省人統治階級」、「外來政權」。本省人的政治反抗，曾一度被宣告成是「臺灣人出頭天」的行動努力。〔註9〕

其實，不管是臺灣的原住民、以及先來或後到的漳州、泉州、客家人或外省人，都屬於中華民族，本身不存在種族（race）的問題，可是族群之間的紛爭卻是盤根錯節。正如有學者所言：我們今天所看到的臺灣的族群關係，幾乎完全是戰後臺灣人和大陸人之間政治、經濟、社會及各個層面互動的結果，而在這些因素中，「最具有決定性作用的是外在的政治情境：族群所擁有的政治權力。一個人所屬的族群是宰制者，還是被宰者」。〔註10〕族群的成員主要由「自我認同」（同時也爲「他人認定」），歸屬於某一個「我群」，而與「他群」相區分。本省人與外省人已不再是純粹的社會學上的含義，而強調其政治上的涵義。

省籍的族群意義在於它被當成一個社會的、歷史的建構，它不是明顯地關於出生地，而是關於互動、關於想像共同體的塑造，同時它也是建基於集體特質的一種社會組織原理。省籍問題因此有多重的對立涵義：「外來人」和「當地人」的問題；公營事業利益和人民利益的問題；中國圖象和臺灣圖象

〔註 9〕 張茂桂等（1996）：《族群關係與國家認同》；臺灣：業強，頁 21，233～234。

〔註 10〕 Isaacs, Harold R.（1975）. Basic Group Identity：The Idols of the Tribe. ed. Nathan Glazer and Daniel P. Moynihan. Cambridge：Harvard University Press. pp.33.

的對立問題；中華民國和臺獨的對立，以及中華人民共和國和中華民國及臺獨的多重對立關係。〔註11〕每個國家多少都有不同的認同問題，但是臺灣的認同問題，比起許多地區或國家來的嚴重……統獨的問題也許不是大問題……但在臺灣，這種情況正好相反，統獨／認同是所有問題的核心，而且有其急迫性。〔註12〕臺灣的國家認同是一個不斷轉折與變化的過程，當自我認定是「中國人」或是「臺灣人」的認同度，與兩岸關係的緊張與緩和有一定的關係。〔註13〕這也促使臺灣兩千三百萬同胞想像成為命運共同體，正如安德森所言：這是「想像的共同體」，這種「想像」有一大部分要由大眾媒體所塑造。

　　民族認同所代表的是一個政治共同體的歸屬問題，在臺灣特殊的歷史與內外的政治結構之下，新聞媒體的公共論述是民族認同的重要場域。而回答認同的歸屬問題正是通過建構他者的過程中，以他者的觀點評估自我，也回答了自身的歸屬。

　　臺灣媒體最大的意識形態差別，就是國家認同立場的不同，兩種民族主義在臺灣並存，就是「臺灣民族主義」與「中國民族主義」。1885 年，臺灣由清朝政府轉手日本，1945 年再由日本轉手國民黨政府，在激烈軍事佔領與抗爭之下完成的改朝換代，以及透過高壓手段進行的文化統一，導致臺灣島上居民高度複雜與曖昧的文化身分。「孤兒意識強烈地攫住每一個過往臺灣人的靈魂，並視為臺灣人的代稱」。〔註14〕臺灣人民被祖國拋棄的無奈與介於中國與日本之間文化認同重疊的矛盾尷尬狀態，但臺灣民眾的中國意識卻牢不可破，「故其以支那為祖國的情感難以拂拭，乃是不爭事實」。〔註15〕1970 年代以降的回歸熱引發尋根活動，中原的尋根已移轉至臺灣島嶼之上。「生活在充斥美式文化環境中的少年，誰來告訴他腳踏的這塊土地曾經的歷史與傳統？」〔註16〕

　　1978 年「美麗島事件」使臺灣大眾政治自覺意識高漲，並導致 1983 年到

〔註11〕 張茂桂等（1996）：《族群關係與國家認同》；臺灣：業強，頁 258。

〔註12〕 尹章義（1994）：《臺灣意識的形成與發展》；《認同與國家：近代中西歷史的比較論文集》，頁 363～387。

〔註13〕 《中央日報》：1998.8.10。

〔註14〕 劉紀蕙（2000）：《孤兒‧女神‧負面書寫：文化符號的徵狀式閱讀》；臺北：立緒。

〔註15〕 李艾麗（2001.5）：《論日據時期臺灣同胞的祖國意識》《廣西民族學院學報》。

〔註16〕 汪其楣（1989）：《人間孤兒》；臺北：遠流。

1984 年間將臺灣民眾兩極化認同的議題白熱化的「中國意識」與「臺灣意識」論戰。由於臺灣獨特的歷史和處境，加上兩岸關係的演變，在兩蔣時期兩岸互不往來，臺灣媒體為反共復國的基本國策發聲，是政府傳聲筒和黨的喉舌。自 1987 年後，兩岸開始接觸，臺灣媒體在國家認同立場的表達，漸漸呈現多元化。而在 2000 年後，由於陳水扁的民進黨勝選，而國民黨去李登輝化後，藍、綠意識形態歧異，臺灣媒體也出現明顯的政治立場，兩岸關係發展亦是媒體意識形態的一大變量。在蔣介石時代，臺灣媒體的國家認同是「絕對中國」意識，到蔣經國時代則是「變通中國」意識，至李登輝更大幅度轉變為「變通臺灣」意識，以至於李登輝與黨內堅持「中國意識」保守派起了政爭，在主流媒體上也不再獨尊總統，媒體開始批判總統，到陳水扁總統時代，由於國會長期「朝小野大」，意識形態分歧更甚於李登輝時期，大眾媒體的呈現可說是「中國意識」與「臺灣意識」激烈對撞的時代。而陳水扁所受媒體批判也大於李登輝時期，這也正是臺灣民主化的結果。

　　臺灣一直沒有存在左派、右派議題的社會分歧，貧富差距的控制也一直是臺灣發展的驕傲所在，切割臺灣社會最明顯的那條界線是族群認同和國家認同。〔註 17〕實際上，不同的只是離開中國大陸來到臺灣與其他諸島的時間，有先來後到的差別而已。然而，伴隨著族群間的分化，表現於政治上的卻成了國家認同的問題。隨著臺灣民主化的發展，頻繁的選舉一次次的舉行，其實對民主尚未完全成熟的社會來說，這一這程度上，將影響到情緒化與意識形態對立，國家認同問題成為選票動員的工具與手段。這種循環之下，臺灣人民的國家認同問題也就越來越多元與複雜。〔註 18〕

　　在 1996 年臺灣首度「總統」直選中，四個總統候選人也明白表露其國家認同的差異。彭明敏自認為是臺灣人，但絕對不是水火不容的中國人。李登輝雖承認自己是臺灣人，卻不忘帶上一句「我也是中國人」、「臺灣人也是中國人」。林洋港也不願放棄臺灣人認同，將之置於中國人的位階之下。陳履安自認為中國人，心目中並無臺灣人，甚至於暗示中國人並不包括臺灣人。〔註 19〕2000 年陳水扁以「臺灣之子」自居，不忘接收李登輝的「新臺灣人」，同

〔註 17〕《國家認同之最大公約數》；《自由時報》2004.1.4。

〔註 18〕葉定國（2004）：《論臺灣的國家安全──一個國際關係建構主義的觀點》；臺灣中山大學中山學術研究所。

〔註 19〕施正鋒（1998）：《族群與民族主義──集體認同的政治分析》；臺北：前衛，頁 34～235。

時猛批連戰「舊臺灣人」，卻委婉地承認臺灣為華人國家〔註20〕；連戰堅持自己是「老臺灣人」、「道地的臺灣土特產」，願意擁抱「新臺灣人」，卻刻意避開中國人字眼；宋楚瑜也以「新臺灣人」的主流來搶本土票，卻又不得不以中國人的身分來固守外省票，聲稱是「呷臺灣米長大的臺灣囝仔」、「真正吃臺灣米、喝臺灣水大漢」的「正港臺灣人」。國家認同政治的重要性在臺灣開始不斷浮出水面，進而轉變為激烈議題，即是臺灣社會的二元對立。

臺灣民眾的自我認同從 1993 年到 2000 年出現很大變化。根據調查顯示，自認為「中國人」的比例降到 10%～15%之間，自認為「臺灣人」與自認為「中國人暨臺灣人」的比例互有高低，多在 35%～45%間擺動，相較 1992 年9 月的民調結果，這三種認同的比例分別為 16.7%、36.5%和 44.0%。〔註21〕可見，臺灣人認同持續在成長，而中國人認同的比重在遞減。民意取向出現分歧的過程，國家社會陷於對立、衝突的狀況，大眾傳播媒體可以說是發揮推波助瀾的作用。

2002 年，北京大學中國經濟研究中心主任，林毅夫（本名林正義／林正誼）「返臺奔喪」事件於媒體曝光後，牽引出各界對「林毅夫」個人行動的解讀與詮釋，並轉而將焦點轉向林毅夫當時的「歷史行動」。不同的消息來源基於不同的立場，包括政府官員、各政黨代表、社會大眾等競逐加入此一事件論述，形成不同的話語框架。事件起初，臺灣傾向以人道立場同意林毅夫來臺奔喪，然而，由於林毅夫在 23 年前，於臺灣服役時，游泳奔回中國大陸。國防部原認定當時為金門馬山連長的林正義已失蹤，甚至支付給林家新臺幣四十七萬五千元的撫恤金，原來林正義「尚在人間」。最後，臺灣當局雖同意入境，但附帶兩項要件，包括：相關責任應由軍法機關依法處理，不受政府許可來臺奔喪而有影響；判逃一事，如查明屬實，不論動機為何，均應受法律制裁與譴責。林毅夫本人在瞭解政府立場後，最後決定由妻子陳雲英代為奔喪，個人則決定不返臺。此起爭議性事件終於在林毅夫個人放棄回臺、未能返臺的結果之後悄然落幕。

林毅夫「返臺奔喪」在精神意念上隱涵著多層的思考空間，對臺灣當局各種立場，包括兩岸關係、國家安全、人道主義、歷史記憶等抽象指向都有種莫名的尷尬與不安。

〔註20〕《聯合晚報》：1999. 6. 19；《臺灣時報》：1999. 4. 22。
〔註21〕臺灣行政院委員會：http://www.mac.gov.tw/indexl.html。

《中國時報》的社論如此評論：

> 林毅夫返臺的個案之所以值得人們再思考觀察，還在於它所顯現的
> 臺灣政治神經。為什麼說是「政治神經」呢？因為他身上集合了太
> 多不可能的因素了。從早年當軍官「叛逃」，這相當於叛國罪了，到
> 在中共當一個研究者，甚至是江澤民、朱鎔基的重要經濟智囊、幕
> 僚，其地位是當前來臺的任何中共官員所無法比擬的。任何一個人，
> 如果有這兩個條件之一，都一定被阻止。但現在，朝野政黨都希望
> 他放行。這實在是非常有趣的集體社會心理的轉變，也是臺灣政治
> 神經在轉變的徵兆。（《中國時報》2002.5.30）

《中央日報》專欄評論如下：

> 林毅夫的出現，就讓這裏所有立場的人，幾乎同樣感到為難。尷尬的
> 鄉愁、鄉愁的尷尬，過去曾經困窘了舊時代、現在同樣也困擾著新政
> 權。因為舊時代的「鄉愁」，是要以「共匪」的消滅，做為歸宿，他
> 違反了；新政權的「鄉愁」，則是要以對抗「中國」的抗拒，做為起
> 點。他也違反了。倒是「鄉愁」本身，做為一種政治操弄與教育標的，
> 被他紮紮實實地，開了一個大玩笑而已。（《中央日報》2002.5.31）

從以上評論看出，林毅夫事件不僅代表個人歷史認同錯亂下所產生的矛盾情
結，更引發近代國共抗爭下蘊育而生的情感認同問題。就事件本身而言，「返
臺奔喪」原極為單純，但因涉及複雜的國家認同的特殊性與複雜性，因而產
生有趣的變化。此個案作為牽扯多重政治符碼的爭議事件，包括所顯現出認
同的我／敵之別、價值展現的忠／奸之辯、政治的正統／偏差之分、法律的
是／非衡量等話題都考驗當局的政治智慧。〔註22〕此起喧騰多時的事件根本
看不出單一的論述面貌，顯示民眾已呈現多元思考的模式。複雜的本身來自
於林毅夫角色的特殊性與複雜性，造成新聞媒體陳述此事件時，具有曖昧不
明的歷史糾結與認同情懷。林毅夫為臺灣宜蘭人，宜蘭在歷經多次選舉之後，
已被當時黨外的民進黨視為民主聖地的大本營，然個人政治認知卻傾向於統
一思想，林毅夫個人所代表的政治符號，包括宜蘭血統與大中國認同，此兩
種完全矛盾的主軸，相互交錯影響臺灣的政治神經。「獨派」站在「臺灣民族
主義」的角度、統派則站在「中國認同」的角度，座落於政治光譜上詮釋此

〔註22〕《中國時報》：2002.6.2。

一事件成爲一個有趣的話題。

國族認同是民族國家出現後的產物。國家欲達到讓每一個體成員都有共同的認同觀，這就必須藉重於社會化的過程，將國家意識形態逐步內化爲個體人民的世界觀，也就是所謂的集體認同轉變爲「國家認同」的過程。〔註23〕安德森（Benedict Anderson）對於民族主義的定義是「想像的共同體」（Imagined communities），指新國家的「建造民族」（nation-building）政策之中同時看到一種眞實的、群眾性的民族主義熱情，以及一種經由大眾傳播媒體、教育體系、行政管制等手段進行的有系統的，甚至是馬基維利式的民族主義意識形態灌輸。從安德森對於想像的闡述，瞭解到在媒體發達的後現代世界裏，人們不論要何處都可經由媒體而產生想像共同體，他再次指出：電子媒體對於營造國族想像的可能性，衍生出「遠距民族主義」。〔註24〕媒體以它富有象徵創造的語言，在「眞實」的名義下，形構了「我們的」歷史這個複雜的網絡。實際上，在國家認同上、民族情感上，臺灣沒有一個全民完全認同的標準答案，而這樣的分歧甚至形成了相對立、抗衡的意識形態，這種對於國家認同、民族情感、統獨議題的分歧，一直存在於臺灣中。臺灣與大陸兩岸未來可能的關係，成爲矛盾與對抗的突破口，也成爲媒體參照「他者」建構自我認同的途徑。

第二節　危機話語的媒介再現

一、媒介的危機話語

在現代社會中，由於環境變動快速帶來的高度不確定性與複雜性，只要與外界環境有所互動，就隨時處於危機的威脅中。〔註25〕「危機」（crisis）是一種由關鍵利益關係人所認知且主觀經驗的情況，其發生率低，卻有高度影響性與威脅；由於情況的成因、結果及解決方法均混沌不明，常導致群體心理共享的經驗及信仰價值破滅或喪失。〔註26〕波錢特（Pauchant，T.C.，1988）使用「瓦解」（disruption）一詞，指出危機將實質影響或甚至瓦解整

〔註23〕曾建元（2006.4）：《國民主權與國家認同》；《中華人文社會科學》，頁44～76。
〔註24〕轉林麗文（2005）：《都會區域中流動遷移者的移民地認同意識——以臺北縣市大陸女性配偶爲例》；臺灣師範大學大眾傳播研究所碩士學位論文。
〔註25〕Barton, L.（1993）. Crisis in Organizations. Cincinnati：South-Western.
〔註26〕轉謝青宏（2004）：《政府危機傳播之研究——以臺北市政府 SARS 危機傳播爲例》；臺灣世新大學傳播研究所碩士學位論文，頁21。

個系統，且足以威脅到組織的基本假設、對本身的主觀認定、或是其存在的核心成分。〔註27〕這樣的定義更加重了危機加注於組織的嚴重後果，包括危及組織的存亡。因此，「危機」的屬性大多與「災難」、「威脅」、「破滅」等負面詞彙相互連結，常被視爲破壞常軌模式的因素。但是，「危機」是一件事「轉機與惡化的分水嶺」，是「決定性的一刻」，也是「生死存亡的關鍵」，「可能變得更好，也可能變得更壞」〔註28〕。在漢語中，「危」代表「危險」，「機」代表「機會」，因此，「危機」不只是「危險」的代名詞，「危機」就是「轉機」，危險與機遇並存。在漢語中，有許多詞彙表達這種意義，如轉危爲安、轉機等，寓含成敗關鍵時刻的意義。

危機是策動權力和統一力量的形式，它是構成危機話語基礎。〔註 29〕危機是一段不穩定的狀況，急需人們做出決定性的變革，假如採取變革局勢將不會變壞，甚至會有轉機的出現，兩者的機率通常各爲一半，但決定好與壞者仍爲當事者。〔註30〕儘管，危機寓含「緊急」與「惡兆」的意義，卻也不能輕易地判定危機是好或壞、正面或負面的影響。危機通常和威脅或逆境等意涵相互使用，當描述緊急或危險時，危機能激發團結聯合與共同的犧牲需求。〔註 31〕當危機話語運用於輿論時，它卻能將不利於對立群體的政治策略合理化。〔註 32〕因爲，媒體具有擴音作用（amplification），它將不起眼的議題擴大成雜音，正如所言「有人說危機就是突然發生的大麻煩，光看報紙標題就知道什麼是危機，也有人說危機就是沒有預警的壞宣傳，如果不及時有個說法或出面說明，事態會更嚴重」。

對危機研究有濃厚興趣的艾德曼（Murray Edelman，1988），將危機與媒介聯繫在一起。他認爲：「危機像所有的新聞一樣，是語言的創作物，展現的

〔註 27〕　Pauchant, T. C.（1988）. Crisis management and narcissism：Akohutian perspective. CA：University of Southern California.
〔註 28〕　Steven Fink（1987）：《危機管理》；韓應寧譯；臺北：天下文化。
〔註 29〕　Murray Edelman（1977, 1988）. Political language：words that succeed and policies that fail. New York：Academic Press；Constructing the political spectacle. Chicago：University of Chicago Press.
〔註 30〕　Steven Fink（1987）：《危機管理》；韓應寧譯；臺北：天下文化。
〔註 31〕　Murray Edelman（1977）. Political language：words that succeed and policies that fail. New York：Academic Press. pp.45.
〔註 32〕　Murray Edelman（1988）. Constructing the political spectacle. Chicago：University of Chicago Press. pp.32.

是政治行動，並不是共認的事實或眞實情況。」〔註33〕艾德曼指出：「形成社會信仰存在兩種最富爭議的政治影響，一方面是輿論，另一方面充斥的都是將事件貼上危機標籤。描述危機的語言是有選擇性的，當運用到與眞實環境有關個人時，僅僅是賦予意義。媒介創造的社會危機話語，是以兩種方式運作：鼓勵和解、傳播異見。

此外，傳播媒體對危機事件造成的衝擊，來凸顯危機傳播（crisis communication）的重要性，這主要表現在：

1. 媒體報導增加危機管理的困難度：危機由傳播媒體發佈即成爲大眾關注的焦點，尤其，電子媒體動輒以現場轉播方式報導危機事件，對組織的危機應變能力造成更大的挑戰。
2. 媒體報導影響大眾對組織形象的認知與評價：這是一個媒體邏輯（媒體報導塑造人們對事件的認知）的時代，在危機事件眞相未明之前，常造成一種媒體審判（media trial）的效果，直接衝擊組織的形象。
3. 媒體爲危機事件中各方利益的角力場：各方團體在危機時利用媒體爭取解釋權，媒體成爲各利益競逐的舞臺。
4. 危機本身即具備新聞價值：危機事件具備衝突性、影響性和特殊性等新聞的要件，在本質上，即容易吸引記者報導。

危機的出現，通常會對組織的生存或發展都構成一種威脅，這種威脅會對當事人或組織產生極強的心理與精神壓力，常令其產生經濟與組織結構的破壞，甚至導致群體心理共享的經驗及信仰價值破滅或喪失。〔註34〕一般而言，危機事件規模愈大，發生愈突然，媒體報導幅度愈大，也愈加引起民眾關注與討論，甚至引起社會大眾的情緒反應或情緒激動。因此，危機時期的新聞報導之重要性，在於可協助建構災情的文化意識，成爲受眾感同身受的同情心來源，轉而形成民眾的共同記憶。

二、臺灣媒體對大陸形象建構中的危機話語再現

從量化分析結果可知，在臺灣媒體對大陸新聞報導的訴求方式中，利益訴

〔註33〕 Murray Edelman（1988）. Constructing the political spectacle. Chicago：University of Chicago Press. pp.31.

〔註34〕 Pearson, C. M. & Clair, J. A.（1998）. Reframing crisis management. Academy of Management Review. 23（1）. pp.59～76.

求爲報導焦點；其次爲恐懼訴求（見表 2－6－1）。也就是說，面對大陸的崛起和兩岸關係漸趨和緩的現實情況，臺灣媒體的報導不自覺地表達著危機話語。危機是一種威脅，這種危脅會造成巨大的心理與精神壓力；危機是一種機遇，這種機遇會創造共識，化解衝突。這些媒體意識具體於媒介實踐中則表現爲，臺灣對大陸的訴求，一方面，恐懼於「統一」的力量，另一方面，又要考慮政經利益的取得，因此，臺灣媒體從中或直接、或間接地傳播「危險」與「機遇」的意涵。

　　作爲一個移民社會，當代臺灣民眾的政治情感因族群背景、生活區域、年齡層次的不同而呈現一定的差異性。〔註 35〕政治情感既表現爲對政治體系的認同感、疏離感、親近感、排斥感等方面，也表現在對一些代表性政治符號與政治象徵的自然情愫，同時，又表現在政治行爲過程中的心態以及對政策結果的心理反應等方面中。臺灣漢人由於各種各樣的原因，背井離鄉「亡命臺灣」，他們既有中國人傳統的故土情懷，又往往對政治社會現實感到無奈，對大陸、對故鄉矛盾的情感，自是難表。相比之下，他們的情懷更現實直觀地體現在對臺灣家園的眷戀。而臺灣的少數族群，如原住民、客家人的政治情感則更爲複雜多變。但基於差異性的變化，臺灣民眾大多又存在一個不變──對「中華民國」的深厚認同情感，對中共的明顯排斥感和恐懼感。〔註 36〕這種臺灣人的集體意識，隨著時間的不斷推移而逐漸轉換與變化，只是「集體認同」在多大程度上將轉化爲具體的「國家認同」，雖有待商榷，「中華民國」的符號成爲臺灣民眾心目中神聖化的精神寄託。相對於此，「中華人民共和國」、「中國共產黨」的符號就成爲「威脅者」、「打壓」的再現，這種強烈的排斥感概括地說就是：「仇共」、「恐共」情結。「國家認同」的內涵可能產生分裂、結合與新生等狀態，「中華民國情結」顯然是媒體意識形態論爭的關注焦點。

　　臺灣主流媒體對於「中華民國」的理解略有差異背後，實際上，是集體的政治認同。《中國時報》認爲目前在臺灣的「中華民國」是延續著在中國大陸上的「中華民國」，雖然，原來的領土已稱爲中華人民共和國，治權僅止於臺澎金馬。不過，如今的「中華民國」依然存在，而延續著其正統性，若兩

〔註35〕所謂「政治情感」是指社會成員在已有的政治認知基礎上對政治現象產生的親疏好惡等情緒反應。
〔註36〕范希周 （2004）：《臺灣政局與兩岸關係》；北京：九州出版社，頁 82。

岸要談判、互動，甚至是邁向統一，都需要以「中華民國」的名義去進行，否則切斷與中國的關係。《中央日報》更強化這一觀點，不能切斷歷史的根源，並以「日漸消亡的中華民國」的話語提醒民眾，中共的威脅性不言自明。《自由時報》、《蘋果日報》稱「大陸」為「中國」，並有「你」與「我」之分，這顯然是以國與國的思維身分而存在。

　　「中華民國」一直以來也是兩岸之間爭執不下的歧義所在，是歷史的問題，也是意識形態之爭。臺灣媒體認為這恰恰是臺灣在「軍事」、「外交」方面遭遇打壓的根源，是「中國」與「臺灣」間的利益關係呈現「一面倒」的不平衡狀態，因此，認定這種現實主義的思考邏輯做為解決兩岸問題、臺灣國家安全問題將是錯誤的前提設定。「武嚇的軍事危機依然存在」、「中央加碼挫我銳氣，兩岸外交戰重燃戰火」、「臺灣救災遭中國打壓」、「阻止臺灣在國際社會取得主權」等危機話語成為臺灣媒體對大陸「他者」形象建構中的話語關鍵詞。臺灣受到意識形態與安全的制約，中國大陸所具有敵意是來自於情感層面的，而且也威脅著臺灣的生存與安全。在這些因素的作用之下，我們知道這種敵人的「國家形象」的形成是與臺灣地區本身的生存與安全有很大的關聯。對於臺灣媒體而言，仍然存在這種意識，而且，更進一步地得到發展，轉化為思考如何解決臺灣地區生存安全的問題。在臺灣媒體對大陸新聞的報導中，這種敵意是意識形態的差異、是來自軍事上的威脅、也與臺灣「國家認同」有關。傳媒形象可引發行動，它可被用作控制社會，給有權勢者提供藉口維持控制。因此，在臺灣媒體與政府政策的導引下，威脅感會漸漸上升，中國大陸被塑造成一個「進步而充滿危險」的形象。

　　「危機」之所以變成危機，就在於它的爆發性，而且有極大的殺傷力，以致使主事者完全措手不及，甚至失去反應能力。2003 年上半年，兩岸都受到 SARS（severe acute respiratory syndrome）〔註37〕的侵襲。SARS 事件始於2002 年末，中國大陸廣東境內突然傳出不明原因的非典型性肺炎案例。2003年 2 月 11 日，WHO（世界衛生組織）收到中國衛生部關開廣東省急性呼吸道綜合症的報告，發現病例 305 例，死亡 5 例。2 月 14 日，中國衛生部通知 WHO，廣東爆發在臨床上的病疫與非典型肺炎病症一致，進一步排除了炭疽、肺型鼠疫、鈎端螺旋體病和出血熱等病毒。此時，非典型肺炎已影響至全球數十

〔註37〕SARS（severe acute respiratory syndrome）是世界衛生組織（WHO）於 2003 年3 月 15 日公佈的名稱，是一種急性的呼吸系統感染。中譯名為「嚴重急性呼吸道症候群」。目前，在中國大陸地區仍使用「非典型腦炎」名稱，簡稱「非典」。

個國家。2003 年春天，一位在中國大陸治療過感染此病毒的醫生住進香港一家旅館，將此病毒傳染給同住該旅館的美籍華商、新加坡籍空中小姐，以及加拿大籍老婦人等諸人。美籍華商後在越南工作，結果引發越法醫院院內感染；新加坡籍空中小姐返國後，造成陳篤生醫院數十人內院內感染；加拿大籍老婦人則在返回多倫多後，將這種致命病毒帶到了美洲地區。在臺灣，2003年 3 月 14 日，一對到過廣東的勤姓臺商夫婦證實感染 SARS，成爲臺灣第一起 SARS 感染個案。

為了控制疫情的蔓延，兩岸都對人員流動進行嚴格管制。自 20 世紀 80年代以來從未中斷的兩岸文教交流活動第一次被打斷，對於兩岸民間關係來說，這樣的斷流無疑延緩了兩岸民間社會整合的進程，對兩岸經貿關係和政治關係都是重創。所謂「中國肺炎」、「中國應向全世界道歉」等充滿敵意的動作，有意升高兩岸敵對情緒的論調甚囂塵上。「中國肺炎」是臺灣部分政治人物對於 SARS 定義的新名詞，這就包含相當強烈的政治概念，也成爲政治人物操作「國家認同」的議題。危機事件乃是菁英階級或政府結構通過媒體所建構的情境，用以維護執政常態，此時的媒體報導以官方消息來源爲主，新聞框架常趨統一，融合（convergence）程度加深，媒體間既合作又競爭的情勢增高，與政府共舞，展現媒體效能。「小心，SARS 就在你身邊，SARS與匪諜都來自中國，全民的努力，在臺灣其實 SARS 遠比匪諜少」。臺灣臺局還將 SARS 疫情當作打擊部分大陸臺商的政治工具。出於控管臺商的動機，臺商當局不是從醫學的角度，而是從政治的角度制定回臺後是否必須隔離的標準，SARS 時期的兩岸關係互動留給人們的更多的是遺憾和惋惜。

公開而準確的傳播對危機的控制最爲重要。〔註 38〕臺灣媒體已經意識到這種敵意並不是有利於臺灣發展的良策。「SARS 發生之後，有一些希望阻緩兩岸關係的人，乃藉引視中國大陸爲不穩定叢生之地，爲阻撓兩岸交流找根據。」〔註 39〕、「泛政治化而來對 SARS 的種種政治舉動，都已對來往於大陸的臺商、大陸民眾仍進行各種限制，導致兩岸經貿政策落後於民意，對此種政府行爲，都已經超出合理的範圍。除非政府有意挑起爭端，否則絕非明智之舉。」〔註 40〕後 SARS 時代的兩岸關係就變得比什麼都重要。回歸理性的、

〔註 38〕 Ray, S. J.（1999）. Strategic Communication in Crisis Management：Lessons from the Airline Industry. Westport, CT：Quorum Books.

〔註 39〕 《中央日報》：2003. 5. 8。

〔註 40〕 《中國時報》：2003. 6. 20。

冷靜的、以臺灣經濟爲核心的思考，才是正確的方向。〔註41〕這些報導協助民眾從悲情中重新學習諒解與同情，發揮正面意義，當然，臺灣媒體反思後的論述，自然涉及到對大陸形象建構的改變。

在臺灣地區，對於中國大陸的印象不是一成不變的，其改變的過程涉及了意識形態上的對抗及生存問題的考慮。藉由觀念改變，對於利益與認同詮釋變化，構建友好關係的文化結構，而非出於單方面的威脅與恐懼。隨著臺灣地區大陸政策的改變，與中國大陸接觸機會的日增等因素，降低了其中敵意與優越感的成分。來自於中國大陸的新信息更加強化或降低其敵意，在這種問題意識的引導下，臺灣媒體在觀察大陸時，除了將大陸放置在「敵人」威脅的位置上之外，另一方面，因爲臺灣地區在經濟與政治上有著顯著的改革與進步，也將「關懷」融入觀察的過程，本身對於「機遇」的內涵理解反映在對於大陸的期待以及臺灣自身的建設中。

首先，面對來自中國大陸的武力威脅，臺灣地區在理解中國大陸時自然有其安全上的考慮。爲了使這種不安能夠得到疏解，中國大陸應該民主化的要求剛好能夠滿足這方面的需求，中國大陸如果開始民主化，則它將會在「民主化」這點上與臺灣越來越像，這就是臺灣的機遇響應。在臺灣，最引以爲傲的便是民主化的發展以及臺灣的經濟成長，政黨輪替的實現更加重了這種優越性。「臺灣實應有更大的魄力，讓兩岸的中國人民主自由、繁榮富裕之境，這應該是新世紀中國人共同的願望。」、「臺灣要成爲大陸發展的標杆，引領大陸的發展方向。」它的另一層意義便是預示「中共政權」的瓦解。臺灣媒體運用掌控議題的權力，尋求策略聯盟，以此合理化所建構的危機境遇。

另一方面，兩岸間往來的情形相當地熱絡，更帶動了兩岸間貿易的蓬勃發展，危機轉化爲「機遇」的標籤，落實到具體的行動上，便是取得臺灣民眾的支持，這種支持只有讓島內民眾富裕祥和，方具說服力。經濟整合與政治整合成爲弔詭的迷題，運用迎合策略，順應民意引發行動，以此獲得認同。

臺灣媒體對大陸亦敵亦友的「他者」形象的建構，是與臺灣地區本身的生存與安全有很大的關聯，「集體自尊」與「安全」要素是其主因。實際上，危機話語和認同話語相互依託，危機話語促使受眾團結產生認同感，進而以區別於「他者」，這也成爲各方政治權力角鬥的最好理由與藉口。

〔註41〕《中央日報》：2003.5.8。

第四章　臺灣媒體對大陸形象建構的影響因素

　　英國傳播學者羅爾夫‧奈葛林（Ralph Negrine）曾指出：媒體對訊息的篩選絕非偶然，對於「什麼是新聞？」、「誰控制新聞？」、「誰製造新聞？」等問題都難以簡化的回答，對新聞製造過程的解釋，往往變成各種彼此競爭而又相互交錯影響的複雜結果。〔註1〕每個新聞都有其背後的故事，每個個體能夠經由第一手經驗得知的訊息相當有限，因而，有賴大眾傳媒向我們告知切身之外的事件。媒體選擇怎麼報導這些事件，如何報導這些事件的方式，也包含了他們對事件的解釋與觀點。因此，臺灣民眾所接受的報導其實是臺灣媒體根據諸多材料篩選的結果，那麼，臺灣媒體對大陸形象建構的篩選的標準、背後主導因素是什麼呢？

第一節　臺灣政治權力圖象與媒體

　　政府與媒體的互動關係，兩者是對立亦或合作，是大眾傳播的恒久話題。1921 年，政治學者詹姆斯‧布萊斯（James Bryce）發表《現代民主國家》一書，他通過觀察美國民主制度的狀況指出：「輿論才是美國的真正統治者」。美國第三任總統詹姆斯‧麥迪遜（James Madison）曾表示：知識將永遠統治無知，一個民族若想要做自己的統治者，必須藉知識所賦予的力量作為武裝，一個民主政府而無新聞自由，或沒有實現新聞自由的方法，則不過是一場鬧劇的序幕，一場悲劇、或悲喜劇兼而有之而已。有本事控制報界、廣播、電

〔註1〕羅爾夫‧奈葛林（2001）：《媒體與政治》：蔡明燁譯；臺北：木棉國際事業，頁 32。

視和暢銷雜誌者，則統治了整個國家。由此可看出，媒體在政治體系中是社會力量的一環，有利於政治參與及扮演政治社會化之教育功能。因此，就政府而言，媒體用於政策倡導、政治溝通；就民眾而言，媒體旨在監督政府、成為公共論壇，兩者都在促進公共利益。

　　一般而言，媒體對於新聞事件或議題的報導立場，在新聞報導裏，為了能夠符合新聞專業倫理中客觀、中立的要求，在文字符號的使用及意義的表達上，媒體及其新聞從業人員皆力守呈現「事件原貌」為主的工作常規，盡量不在新聞內容中，顯露出對新聞事件的意見與評價。在前述的分析中，我們可以體察到，臺灣媒體想要傳達給受眾的意識形態，即媒體對於某一事件的報導，並非被動地反映事件的真相，而是主動地建構事件的「符號性事件」，強迫公眾不知不覺地接受媒體所制定的觀念法則，並具有意識形態中自然化與政治性的功能。傳播與政治的關係如此密切，自然在兩岸問題的研究中不會缺席。〔註2〕換言之，兩岸問題源於「一個中國」與「臺灣獨立」的根本歧見，臺灣媒體一方面，著力於大陸對臺灣所產生的或正向或負向效應的新聞敘事；另一方面，也常以「兩岸問題」為由，突顯臺灣政治權力的角力，媒體張揚自身的政治立場，抨擊或對抗異己政見。由此，媒體自然而然地成為各方角鬥的焦點，求取控制社會權力的核心力量。

一、臺灣政治變局與媒體生態

　　臺灣常被稱為「媒體治國」、「看報治國」的社會。除一般受眾外，臺灣的政治人物，往往受媒體立場左右問政或施政的作為，從媒體的報導中吸取意見，因應對策或完善政策，形成媒體與政府間的良性互動。但是，「以報為師」的政治人物，高唱與政策相左的意見時，也會產生干撓政府政策的現象。〔註3〕無疑，政府從新聞界的觀察報導中，更全面地掌握事件的現場和態勢，作為研擬對策的參考。政府與新聞媒體的互動關係，已成為臺灣近廿年民主轉型過程中備受爭議的問題。

　　以傳播的社會功能來看，媒體和政治發展的角色與關係息息相關，千絲

〔註2〕　林淑如（2001）：《美國媒體對「特殊國與國關係論」報導之內容分析與立場傾向之研究——以紐約時報、華盛頓郵報、華爾街日報、洛杉磯時報為例》；臺灣大學新聞研究所碩士學位論文。

〔註3〕　張瓏（2003）：《新聞媒體在兩岸關係中的角色及功能》；臺灣淡江大學中國大陸研究所碩士學位論文，頁101。

萬縷。臺灣媒體生態因應政治變局而不斷變化，可大致將臺灣媒體發展分為三大階段：媒體管控時期、媒體開放競爭時期及媒體政治立場表態時期。

1、媒體管控時期（1949～1987 年：國民黨遷臺至解嚴前夕）

　　1945 年 8 月，日本戰敗，國民黨接收臺灣。因臺灣民眾初脫日人桎梏，新聞事業甫破繭而出，且當時政府採取「發行不必申請登記，內容不必接受檢查」政策，致使臺灣報業呈現欣欣向榮景象。1947 年「228 事件」的發生以及 1949 年國民黨遷臺時期，國民黨為鞏固政權及時局，開始對臺灣報業展開管控。1952 年，頒佈出版法，以限證、限張、限印、限價及限紙等「五禁」的管控政策，全面性地管控新聞媒體的發行及言論自由。由於政治因素使然，處於此階段初期的臺灣報業屬於威權主義（Authoritarianism）形態，報紙的目的是教育人民、倡導政令及傳播統治者的真理。在市場中，雖有民營形態的報紙，但限於戒嚴時期的政治管控，盡管發揮傳達信息的功能，但其所呈現的報導，仍受到政治意識形態的局限。直至 1988 年報禁解除、1999 年廢止出版法，臺灣的新聞媒體才開始擁有真正的新聞自由。

　　1960 年代中期以前，屬於政黨——政治性報紙（party-political paper）的《中央日報》是當時最暢銷的報紙。而且，除了報導內容的意識管制外，政府亦給予報業營銷成本上的種種便利，如紙張配給、報社員工民生補助、電報傳輸費用優惠及報團附屬出版事業所得稅及廣告收益稅賦減免等，進行經濟面的控制。1960 年代末期開始，民營的《中國時報》及《聯合報》逐漸取代《中央日報》成為一般民眾最常閱讀的報紙，因為，兩份報紙的觀點要比公營報及黨營報來得開明。但因這兩家報紙的老闆與國民黨關係密切，所以，其新聞報導的觀點也不至於與國民黨政權的基本政策相差太多。

　　1970 年代末期後，中壢事件、美麗島事件、林宅血案等事件，引發黨外運動興起，從 20 世紀 80 年代早期到中期是臺灣反對運動進行最激烈的一段時間。臺灣民營報業認為黨外人士會製造新聞事件，可以吸引民眾閱讀，便開始與黨外人士建立互惠關係。當時以《自立晚報》與《民眾日報》的言論最具「黨外」的觀點，其中，《自立晚報》在 20 世紀 80 年代末，更率先派記者赴大陸採訪，《自立晚報》也在 1982 至 1987 年五年中成長了四倍。由此可見，當時讀者對反對觀點存有極大的需求。

　　在戒嚴後期，由於黨外運動逐漸開啟民眾對多元信息的要求，且因臺灣整體發展重心轉移至經建發展上，當局對媒體的控制，逐漸降低文化及政治

的層面，言論的管控不如戒嚴初期強勢。20 世紀 70 年代末以及 80 年代初，《中國時報》及《聯合報》兩大報系也推出《經濟日報》與《工商時報》等專業化的報紙，來呼應在經濟建設計劃下，民眾對於經濟信息的需求，媒體的功能也更加全面性地發展。

2、媒體開放競爭時期（1988～2000 年：解嚴後至政黨輪替前夕）

1988 年臺灣解嚴後，市民社會自主的力量逐漸崛起，商業力量也快速興起。解嚴後新報大量出現，舊報也加強版面內容，報業開始進入市場經濟的商業競爭，呈現百家爭鳴的局面。隨著報業競爭策略的不斷激戰，報業呈現「強者愈強，弱者愈弱」的現象，報紙發行量明顯地集中在少數幾家報紙中，成為「強勢報紙」。《中國時報》及《聯合報》兩報市占率便高達六成，其餘大多數報紙只能瓜分市場的小部分。

這個時期報業所受到的政治管控愈來愈少，新聞報導也開始嘗試著挑戰執政當局的底限，進入自由主義（Libertanianism）報業形態。報紙的內容力求多元化，更努力彰顯新聞真實、客觀、公正及平衡為報導原則，負責社會溝通、信息傳遞及監督政府的第四權職責。此時政黨屬性報紙式微，取而代之的是商業性報紙。而且，報紙競爭開始採取市場區隔策略，各種形式的專業報紙（財經專業類、兒童類、休閒影劇類）搶佔分眾化市場。而在報導內容方面，在慣用的新聞供給面思維上，加入讀者的需求面向（即民意）的思維。例如，成立民調單位執行民意調查，再透過「精確新聞報導」（Precision journalism）方式，來呈現重要新聞事件的真實面目，成為報紙提升新聞質量重要的一環。其中，以《中國時報》、《聯合報》最為具有積極性；同時，各報也開始重視讀者投書，紛紛開設新版面，大量刊登讀者投書，若干報紙刊登的各種形式的讀者投書，包括記者採訪而來的「讀者心聲」，每天甚至多達十多則。在眾多小報不敵《中國時報》、《聯合報》兩大報紙紛紛退出市場之際，《自由時報》以其財團背景，挾帶雄厚及龐大的資金，以持續多次的高額大贈獎、報紙單價不漲、廣告低價競爭，和大量免費贈閱的策略等財團「灑錢辦報」的模式，強烈地挑戰了「報人辦報」的傳統，將長期由《中國時報》、《聯合報》兩大報獨佔的市場，一劃為三，從而開始「三國鼎力」的局面。

在此，必須特別注意的是當報業成為自由競爭市場時，新聞產製也呈現市場導向，新聞被完全商品化。在解嚴及解除報禁前，人們容易辨識政治人物動用黨政軍力量，國家機器踐踏媒體公信力的手段，但現在以商業力量全

面主宰媒體運作邏輯，進入財團控制媒體的時期。在這種趨勢下，反而讓人忽略政治與新聞媒體衝突的角色，而在不知不覺中（或刻意迎合）輕易屈從政治力的影響。實際上，媒體本身就是重要的政治行為者，他們不只將政治組織的信息傳送給大眾，而且，透過新聞報導、詮釋組合等過程轉化政治信息，媒體與政治轉化過程的關係，便是一種作用與反作用的過程。媒體利用報導、分析政治活動，取得政治資源，獲得經濟利益，從而在市場競爭中，一方面取得分眾化的市場優勢，另一方面，卻也引出報業的「政治正確」及「政治立場」的競爭。

3、媒體政治立場表態時期（2000 年政黨輪替～至今）

臺灣媒體在前兩個階段所展現的報業和政治之間的關係，雖因解嚴及報禁解除而有所不同，但從整體來說，2000 年以前（國民黨執政時期）報業和政治的互動，大致上是在所謂「侍從關係（client relationship）」的軸線上發展。實際上，在前一個階段的媒體開放競爭時期末期時，各報紙政治立場的表態已成為市場競爭的手段，而在 2000 年以後，媒體與政治的關係越趨向緊密而複雜。

在政黨輪替後，政治市場開放自由競爭，使得媒體成為社會各政黨權力鬥爭的重要工具，現代社會是民主社會，一切政治活動都需以「民意」為依歸。所以，統治階級或者社會各政黨，都會千方百計試圖論證本身論述的正當性，設法透過媒體來形塑「民意」，在開放的政治市場中贏得權力，於是，臺灣邁入了「媒體政治」的時代。在此階段，報紙的政治立場與傾向愈來愈加明顯，尤其是進入選舉時期更是如此。即使在非選舉期間，對重大政治議題的立場，報紙更是有「各擁其主」的情形出現。此時期的報業還需維持市場導向，仍是三大報業瓜分大部份的媒體市場。但因為電子媒體及網絡興起，政治角力的主要競逐場域，由報業轉移至電子媒體，且操作方式也和以往國民黨執政時代有所不同。由此產生不同情形：有納編媒體權威人士，把一批曾經參與過媒體改造運動的角色拉入體制內，一同進行媒體改造；也有政治人物本身是媒體的負責人或政治性節目主持人的狀況，就等於迴避媒體對政治人物的合理監督，而且政治人物還可以利用它所屬媒體或主持節目，反過來監督其它政治人物，這樣完全是混淆監督與被監督的民主分際。

總結臺灣政治與媒體互動的三階段情形，可瞭解其從威權時期的控制、至市場競爭的開放多元、再到媒體政治立場的表態及其愈來愈模糊的分際狀態。意識形態與政治權力的衝突，使得媒體成為政黨輪替後政爭的戰場。媒

體本是社會公器、公共論壇，但隨著政爭的加入與滲透，可以看到報紙的版面、標題以及內容等諸多新聞元素，充滿著主觀判斷色彩，這也同樣體現在電視、電臺政論、call-in 等節目中，這即是所謂的「顏色鮮明」。政府與媒體互動不只是單純的政治、媒體關係，也牽涉當前臺灣政治的核心議題，那就是國家認同、兩岸關係、族群政治、憲政制度等問題。政治脈絡嚴重影響媒體的結構與內涵，成爲媒體發展因素中程度最高者。〔註4〕

二、臺灣政治權力介入大衆媒體透視

由於媒體的特殊作用，決定了社會各種力量和媒體自身都將媒體更廣泛、更深刻地介入政治領域。從某種意義上講，臺灣已具有當代資本主義世界「媒體社會」的特徵，臺灣政治也已具備了「媒體政治」的基本特徵。〔註5〕臺灣有句俗語：官員怕媒體，媒體怕黑道，黑道怕官員，道出了當今臺灣社會最有權勢的三種力量的「食物鏈」。臺灣一項對 2000 年「總統選舉」中媒體讀者、觀眾與投票行爲的調查，也反映出政治力與媒體互動及產生的社會影響。

每一個新聞機構總是在一定的社會政治環境中運行，這一環境爲新聞生產構建了一整套的文化假定，它們影響著新聞機構關於新聞採寫編等多方面的規定。正是這樣，媒介內容反映了一定社會政治環境下對於某事、某物或是某一群體的主流意見和態度。兩岸新聞議題很難不牽涉政治，因此，在選擇新聞時，政治立場態度便成爲重要標準，「沒有必要對一個敵視我們的國家採取一個不對稱友善的態度，所以處理兩岸政治新聞時，是根據這個最高原則去處理。」〔註6〕政治體系會基於對己身的利益，而選擇用物質利益、獨家承諾或高壓威脅來控制信息和傳播，在「外來」與「內化」兩種政治力的交互運作下，對媒體形成一幅綿密的組織壓力網。

報業經營者介入及干預報紙編務或記者編採，主要是和其政治立場有關，而其政治立場又和他們的省籍與經營哲學有關。島內有句傳言頗能形容它們的政治面貌：「《中國時報》很聯合，《聯合報》很中國，《自由時報》很

〔註 4〕 彭明輝（2001）：《中文報紙王國的興起——王惕吾與聯合報系》；臺北：稻鄉，
　　　　頁 99～114。

〔註 5〕 全國臺灣研究會《兩岸關係研究報告》（2003）：《政黨輪替後臺灣媒體生態觀
　　　　察》；北京：九州出版社，頁 136。

〔註 6〕 錢震宇（2002）：《檢視臺灣報紙兩岸政治新聞的脈絡與演變——以李登輝執
　　　　政時期爲例》；臺灣私立淡江大學大眾傳播學研究所碩士學位論文。

臺灣，《臺灣日報》很自由。」〔註 7〕而《蘋果日報》負責人黎智英則對該報紙編務與記者採寫政治立場從不過問，「我們老闆從不問我們的政治立場，也不會對政治新聞處理方向下達命令，他的經營理念就是不碰政治、商業掛帥」。〔註 8〕兩岸新聞受政治情勢影響，報紙會基於己身的特定立場而對兩岸新聞採取不同的處理方式，例如被視爲統派立場的報紙會採取較爲正面、積極與開放的態度處理兩岸新聞，但被指爲獨派立場的報紙，則會採取較爲負面、消極或封閉的態度來處理兩岸新聞。「我們報社（《自由時報》）不像《中國時報》和《聯合報》一樣有大陸新聞中心，也沒有派記者常駐大陸，我們的兩岸新聞立場很清楚，就是反對中國、反對三通」。〔註 9〕這也就形成「政治靠媒體，媒體靠政治」的價值準則，歸屬意識形態領域範疇的新聞領域也不可避免受到「泛政治化」因素的干擾。〔註 10〕臺灣媒體的這種狀況是與臺灣社會轉型期的政治角逐的特徵是相吻合的。

　　2000 年政黨輪替後，關於民進黨政府與媒體關係存有兩種論爭。一種認爲：是「媒體歧視」，意指戒嚴時期黨國體制下茁壯的所謂主流媒體對民進黨的異樣眼光。〔註 11〕認爲媒體不問基本事實的新聞炒作，假借「輿論」未審先判，因爲政黨輪替後，新聞解釋權仍然操控於國民黨黨國體制殘餘勢力手中，挾新聞進行政治鬥爭，多數媒體經營者是國民黨黨國體製成員、欠缺以臺灣爲主體的意識、且集中在臺北，形成「從臺北看天下」的偏差，試圖創造議題、製作論述，爲國民黨黨國體制班師回朝，製造有利的環境。〔註 12〕

〔註 7〕 全國臺灣研究會《兩岸關係研究報告》（2003）：《政黨輪替後臺灣媒體生態觀察》；北京：九州出版社，頁 155。

〔註 8〕 李祖舜（2004）：《擺蕩在政治與事業之間：報紙政治記者對新聞實務與專業角色的認知》；臺灣政治大學新聞碩士在職專班碩士學位論文。

〔註 9〕 李祖舜（2004）：《擺蕩在政治與事業之間：報紙政治記者對新聞實務與專業角色的認知》；臺灣政治大學新聞碩士在職專班碩士學位論文。

〔註 10〕 凡是政府權力的展現，或是在交流中來自政治方面的顧慮和考慮，都是所謂的「政治因素」。「政治因素」在非政治領域出現政治影響力，可能具有正面促進功能，也可能成爲負面的干預和阻礙，當政治影響力產生負面作用，阻礙了原本預定的目標時，舊稱爲「政治干預」。引自楊開煌（1993）：《兩岸文化交流中「政治因素」之考察》；《兩岸》，頁 27。

〔註 11〕 姚人多（2004.2）：《臺灣媒體與政治加速墮落之中》；臺北：《財訊月刊》，頁 176～182。

〔註 12〕 盧世祥（2005.9.4）：《星期專論——黨國體制的最後堡壘必須摧毀》；《自由時報》。

　　另一種論點是認為民進黨政府以執政優勢，企圖運用政商資源，為利於選舉與執政，打壓媒體、新聞自由，猶如「新白色恐怖」。2000 年與 2004 年兩次「總統」大選都是險勝，因此，對於媒體的控制，要說民進黨是在複製打壓新聞自由，或是整肅言論異己的威權時代模型，倒不如說，民進黨正在進行各種嘗試，試驗各種至少在形式上合法的運用資源和政策工具的手段，企圖在傳播媒體環境中，創造、吸取有利於他們進一步奪取政權的資源。〔註13〕民進黨政府對新聞箝制更細緻，和國民黨威權時代相比是種沒有組織、法令的控制，包括「硬控制」，對媒體報館、記者住處搜索。另「軟控制」，民進黨擅長文宣、公關，更精緻、細膩，臺灣只有三分之一的新聞自由。〔註14〕

　　無論存在哪種觀念，「政治在很大程度上被界定為媒體行為」、「口水的時代」、「媒體政治時代置換了其標榜的所謂自由民主的時代。」〔註15〕而具體在兩岸問題時，政治效忠凌駕新聞專業，媒體立場以統、獨區分。以臺灣目前媒體的現狀而言，電視臺策略性地鎖定特定族群的偏好，獲得收視率，三立、民視成泛綠支持者特定選項，TVBS、中天成泛藍觀眾鎖定的新聞臺。極藍、極綠媒體擔心「基本票房」流失，往往在議程設定上不敢違背支持者意識形態。〔註16〕反映在新聞採訪上，像民視、三立和自由時報跑國民黨路線記者，不被信任，而 TVBS、中天、聯合報等媒體記者進深綠場合被罵統派媒體（親中媒體）。〔註17〕連過去被部分學者視為較中道的《中國時報》，也被民進黨拒絕採訪。2005 年，數名民進黨立委召開記者會，直指衛星電視臺 TVBS「是 100%的『中資』公司，痛批 TVBS 與中國裏應外合，顛覆臺灣政府，呼籲全民唾棄 TVBS」，〔註18〕並稱此事件是「新聞自由與國家安全的衝突」。

　　政黨輪替衝擊媒體生態。在陳水扁當選那一夜，曾發表當選感言，表示

〔註13〕 魏玓（2005.12）：《新政媒關係批判——從 TVBS 事件說起》；《臺灣社會研究季刊》；臺社評論；臺北：臺灣社會研究雜誌社，頁 iii～viii。

〔註14〕 王健壯等（2003）：《建構一個界限清楚的媒體與社會》；《再造公與義的社會與理性空間》；臺北：財團法人時報文教基金會，頁 520～521。

〔註15〕 呂新雨（1999.4）：《媒體的狂歡——對臺灣傳媒生態的觀察與思考》；《新聞大學》，頁 31～32。

〔註16〕 編輯部（2006.11）：《誰是電視臺的頭家？》；《目擊者雙月刊》；第 55 期，頁 18。

〔註17〕 編輯部（2006.11）：《誰是電視臺的頭家？》；《目擊者雙月刊》；第 55 期，頁 19。

〔註18〕 《聯合報》：2005.11.1。

「選舉的終了就是和解的開始」。但令人諷刺的是，政黨輪替後藍、綠政黨對立更嚴重，主因便是國家認同。在民進黨的黨綱基本綱領中，闡明要建立主權獨立自主的「臺灣共和國」，界定「臺灣，固然依目前憲法稱爲中華民國，但與中華人民共和國互不隸屬。」國家認同分歧造成兩岸關係嚴峻，政治環境也影響臺灣政媒關係緊張。

陳水扁當選，國會立法院仍由國民黨掌控，政府體制究竟是雙首長制，該由多數黨組閣，類似法國「左、右共治」或傾向於總統制，行政院長僅是總統執行長，朝野僵持不下。陳就任之初雖然任命國民黨籍唐飛擔任「行政院長」，但「唐院長」未獲國民黨支持，而以個人方式進入民進黨政府，號稱「全民政府」。不過國、親兩黨並不支持唐內閣，而民進黨立委又對於執政後，還要用國民黨員組閣有所微詞。「核四案」爭議，唐飛與民進黨理念不合求去，隨後，由國會少數的民進黨張俊雄副院長繼任組閣，張俊雄內閣上任不久，於「扁連會」後宣佈「核四」停建，造成空前政治風暴。國民黨與親民黨、新黨組成泛藍陣營，連手製衡民進黨，發動罷免「總統」案，此後，政黨對抗加劇。

由於親民黨、新黨成員多因反對前國民黨李登輝主席路線而離開國民黨，國、親、新結盟後，國民黨本土派空間受壓縮，不少成員出走。於 2001年 8 月 15 日組成臺灣團結聯盟，由前內政部長黃主文擔任主席，並尊稱李登輝爲「精神領袖」，民進黨與臺聯黨即形成泛綠陣營，政壇進入兩大陣營對峙之勢。泛藍、泛綠涇渭分明，族群對立、國家認同日趨兩極化，藍綠競逐政治權力，除了立法院朝野衝突，另一個競爭場域即是媒體。因此，在民調中，臺灣媒體常常被指爲社會亂源，主因就是政黨惡鬥的延伸。

媒體與政治的關係，不會以中立的價值出現，尤其是在社論中，媒體更是體現政黨的意願與意識形態。《中央日報》是國民黨的機關報，毋庸置疑，它是國民黨忠實的代言人。它宣稱：立場鮮明，定位明確，新聞的取捨力求專業、平衡，標題用字遣詞則應客觀、公正，避免引起非國民黨人士的反感。〔註 19〕遺憾的是，如此大報竟然失敗於媒體市場競爭下，2006 年停刊旋而退出臺灣報壇。在政黨輪替後，《中央日報》以在野黨文宣報定位，社論以陳水扁爲焦點大加撻伐。「國民黨扮演兩岸利益創造者」、「國民黨扮演兩岸建設性角色」、「走國民黨的路臺灣才有出路」、「只有國民黨才能爲臺灣人民造福」

〔註 19〕《中央日報業務通報》：2001 年 331 號。

等社論標題，嚴正表明政黨立場，「阿扁開出的直航『支票』，只有靠連宋配來兌現了！」這也正是政黨利益激發「團結」、「機遇」話語的體現。

因此，政黨輪替後的《中央日報》言論，不再是捍衛施政者或闡述執政者的政策作為，而是鎖定新政府做系列批評，扮演在野黨媒體只捍衛國民黨立場及政策的角色。這股賦予事件意義的莫大權力，引起社會各方角力爭奪，新聞媒體則成了爭奪者的「競爭場域」。事實上，社會議題多元繁雜，而凝聚大眾關注的公眾議題有限。因此，在媒體的競爭場域內，誰能出線賦予或主導社會議題或事件的解釋權，須經議題競爭過程才能一決勝負，某議題勝出，意味其它議題遭落敗淘汰，猶如一場零和遊戲。而在議題競爭中，政治權力話語的運用除可呈現此消彼長的零和結局，還可能出現強化功能。為影響新聞產製的框架過程，成為媒介議題，吸引或影響社會大眾的態度與行為，政府機關或公共關係機構無不運用策略，使出渾身解數，研擬「媒介策略」。〔註20〕

臺灣媒體對大陸新聞報導的力量仍屬於弱勢，加之因應島內政爭的複雜情勢，臺灣媒體對於新聞的處理，顯然是一種對於「事實」的選擇、安排、解釋的「意義化」過程。這種政治權力話語同樣隱含於其它報紙媒體的報導中，以或明或暗的話語表明其政治立場。媒體的政治立場是多種因素交錯作用的結果，包括讀者定位、經濟來源傾向、記者編輯的政治傾向等等。外界的影響最終落實到通過報社老闆和記者編輯來實現，而臺灣的新聞深受老闆立場左右，是臺灣報業的鮮明特色。臺灣媒體老闆對政治都有其特定立場；媒體老闆對統獨、兩岸、選舉，甚至對民主政治的看法，都會由媒體領導高層透過直接與間接的指示、觀察、交談，落實在新聞編輯政策中，進而框限記者報導的方向與立場⋯⋯尤其在臺灣特殊的政治環境下，媒體的立場，更是超越新聞媒體存在的本質。〔註21〕《中國時報》的創始人余紀中曾是國民黨的「中央委員」，雖然，他在 1988 年辭去這一職務，但是，他對國民黨的感情一直很深，也深懷著中華民族統一的使命感。《中國時報》的新一代領導者余建新，雖然，也承續余紀中「政治民主、民族認同、穩定大局」的辦報理念，但他有意公開緩和「統獨」矛盾的意向。2002 年，當他買下中天電視臺股權時，曾到陳水扁的「總統府」「輸誠」，向陳水扁親信表達接手電視經

〔註20〕 Murphy，1991；Ryan，C. ，Carragee，K. M. ，& Meinhofer，W. ，2001；Parmelee，2002；臧國仁，1998；臧國仁、鍾蔚文，1997。

〔註21〕 王天濱（2005）：《新聞自由——被打壓的臺灣媒體第四權》；臺北：亞太圖書。

營會支持「政府」的立場。雖然，事後證明「輸誠」未必落實，但卻凸顯了他游離取巧的媒體操作傾向，注重對不同政治力量觀點呈現的平衡。

　　商業力量全面主宰媒體運作邏輯，財團控制媒體，媒體奉商業利益為圭臬已是趨勢。在這種趨勢下，政治力量開始被包裝得更加商業化、綜藝化，反而讓人忽略政治與新聞媒體衝突的角色，〔註 22〕而在不知不覺中（或刻意迎合）屈從政治力。《自由時報》的政治策略便是如此。其在新聞報導上突顯「本土化」、「臺獨意識形態」及「挺李（登輝）」的政治立場，一方面，取得分眾化的市場優勢，另一方面，卻也引出報業「政治正確」及「政治立場」的競爭。

　　「最貼近讀者生活的一份日報」是《蘋果日報》的自我定位。擁有國際知名品牌「佐丹奴時裝集團」、生意人出身的黎智英曾說：管媒體和管成衣對我來說沒什麼大差別。他不只一次強調，他要的媒體是「可消費的商品」，要永遠以顧客（讀者）的需求為主。「讀者愛看什麼，我就給讀者什麼」。〔註 23〕因此，掌握「消費者口味」是《蘋果日報》的辦報宗旨。《蘋果日報》顛覆了頭版頭條必為「國家大事」的傳統觀念，包括「踢爆土耳其草莓減肥亂蓋」、「黑心床墊來自環保局」這類的民生新聞都可以上頭條。〔註 24〕黎智英的辦報手法，幾乎等同於實踐自己的商業邏輯。黎智英曾說：會花一整天時間看報的人，是沒有購買力的人，《蘋果日報》要爭取的是敢花錢的族群，讀者快速瀏覽完報紙後，便可立即動手消費。《蘋果日報》也藉此宣傳，向廣告客戶「吸金」。〔註25〕《蘋果日報》市場導向的辦報理念，決定其並不明確表白政治立場，涉及兩岸問題時並無太多見地，大多是無差異化的「模仿」主流媒體的議題。

　　臺灣大陸新聞報導的走向，未能免俗地也受到外在情境的制約力，可視為多重力量爭鬥角力的產物，最主要的影響因素來源是政治經濟力量與媒體的互動與角力。報紙內容是一種再現，傳媒受外在環境及內部決策所產製、

〔註 22〕　何榮幸（1998.1）：《臺灣記者的風骨——從對抗政治威權到釐清政治與基本分際》；《目擊者雙月刊》，頁 9。

〔註 23〕　轉洪於茹（2005）：《臺灣蘋果日報競爭潛力研究》；《南華大學網路社會學通訊期刊》；第 44 期；www.nhu.edu.tw/society/e-j/44/44-08.html。

〔註 24〕　轉劉艾蕾（2007）：《蘋果日報讀者閱報動機與人格特質之研究——以臺北市為例》；臺灣世新大學新聞研究所在職專班碩士學位論文，頁 4。

〔註 25〕　轉蘇蘅（2006）：《九十四年報業市場概況》；《2006 出版年鑒》；臺北行政院新聞局。

建構，即使報紙能較詳盡地處理新聞，但沒有任何一份報紙能夠完全反映事實眞相，報紙後面的眞正意涵與意識形態，最基本的就是要清楚報紙的政黨、政治立場及其商業本質。〔註26〕更爲主要的是，以政治爲主導的大陸新聞報導雖然結束了「一言堂」的局面，但從報導中仍可見，臺灣報紙仍以政治言論立場的光譜作爲自己的市場定位，報紙政治立場的表態，已然成爲市場競爭的手段。基於報社生存發展的考量，或報紙所有權人自我塑造爲特定政治勢力代言的定位，新聞內容經常出現向特定政黨傾斜的狀況，甚至成爲特定的「輿論推手」。在政黨輪替後，政治市場開放自由競爭，使得媒體成爲社會各政黨權力鬥爭的重要工具，其名義是以「民意」爲依歸，都會千方百計試圖論證本身論述的正當性，設法透過媒體來形塑「民意」，在政治市場中贏得權力。邁入了「媒體政治」時代，媒體與政治間的關係從侍從轉成合作、共生，形成新的政治與媒體的互動關係。

第二節　臺灣經濟力量博弈與媒體

隨著政治民主化的演進，經濟因素對媒體發展的影響力已逐步凌駕於政治力之上，成爲一種重要的主導的因素。當工商階級取代政治階級，以社會經濟的優勢力量支配傳播媒體時，就控制了言論市場，而工商集團透過環環相扣資本主義國家關係與政治集團結合，結果形成以新聞自由的羊皮來達成輿論控制的目標〔註27〕。根據商業經營規範，報紙是一門生意，要在一定時間內達到利潤回報。新聞產出的經濟邏輯與成本、利潤、資源、價格與市場等一般因素有關。而「經濟」因素對報紙新聞走向的影響是相當深遠而廣泛，甚至顚覆了傳統的新聞價值觀。傳統新聞學著重視新聞道德、客觀中立等觀念，並以社會「第四權」自居，追求社會責任與理想，但近年來以新聞觀念規範來界定什麼應該被報導的手法，逐漸被一種新聞市場所取代。〔註28〕在臺灣，媒體爲了經營與生存，自然要不斷地去符合經營者與受眾的興趣與偏好。實際上，經營與生存包含兩個層面：一個是經營者介入媒體報導的方向，因爲，出錢是老闆是自然之理、題中之義；另一個則是迎合消費市場的需求，

〔註26〕董素蘭（2005）：《解讀訊息——以報紙爲例》；臺北：正中書局。
〔註27〕呂傑華（1995）：《報業發展與經濟變遷——論報禁解除十週年臺灣報業生態與發展趨勢》：《民意研究季刊》，頁87。
〔註28〕陳韜文（1997）：《大眾傳播與市場經濟》；香港：爐鋒學會，頁217。

因爲，發行量或收視率代表著廣告的收入、盈利與影響力之關鍵與要義。

一、新聞市場化的價值與行動取向

　　臺灣政治力與經濟力向來是牽動媒體走向的兩股重要力量。在激烈的商業競爭情形下，島內媒體由本土新聞的競爭轉向大陸新聞報導的競爭。兩岸複雜的政治過程基本上是被當成新聞作品的來源與「材料」，而新聞商品則以爭取消費者爲目標，因此，最有賣點的政治過程是那些充滿戲劇張力的場面，而且，必須能以戲劇化描述處理的事件，從而，報紙變成「生意」或「企業」，從強調新聞從業人員的重要性轉變爲強調新聞「銷售」的重要性。不同政治立場的報紙，會基於經濟利益的考量而自動進行市場區隔。在臺灣媒體對大陸形象建構的過程中，強調衝突性、爭議性、貼近性的新聞觀念，以爭取受眾、爭取廣告的市場價值爲導向，判斷何者可吸引讀者興趣，成爲新聞是否「喜聞樂見」的標準。直接支配人們行爲的不是理念，而是物質利益和理想利益。但是，由「理念」所建立的眾多「世界形象」，卻像扳道工人一樣，常常確定了由利益之動力所驅使的行動運行的軌道。〔註29〕

　　1988 年臺灣報禁開放以來，臺灣報紙數量激增，仍在有限的讀者中進行市場競爭。呂傑華（1998）曾觀察臺灣報禁開放後，經濟發展對報紙的影響，發現如下特色：（1）財團涉足傳播事業，改變報業市場的結構；（2）媒體工會組織產生，爭取員工福祉與新聞自主權；（3）廣告競爭激烈，影響報業收益及新聞內容取向；（4）專業報紙尋獲市場利基，乘勢興起。此研究具體地分析了十年來的經濟發展，爲臺灣報紙的改變提供了新環境，並研究了政治以外影響因素帶來的轉變，但他並未更加細微地指陳，新聞受市場化推動帶來的質變及影響的新視角。

　　解嚴前，臺灣新聞媒體深受黨政軍勢力的箝制；解嚴後，黨政軍勢力淡出，市場力量，特別是財團，迅速替補政治力所遺留下的空缺。雖然，在制度層面上，發行報紙已非難事，但由於《聯合報》與《中國時報》兩大報系掌控 70%的臺灣報業市場，新興報紙所能獲得的成長空間有限。因此，即便在解嚴後，有多家報紙投入報業市場，但大多經營困難，只有聯邦集團林榮三的《自由時報》在大量資金挹注下，發行量逐步成長，與《聯合報》和《中

〔註29〕　（德）馬克斯·韋伯（Max Weber）（1999）；《社會科學方法論》；韓水法，莫茜譯；北京：中央編譯出版社。

國時報》並駕齊驅，臺灣報業進入經濟力掛帥的「財團辦報」時代。

　　臺灣媒體絕大多數由私人經營且以營利為目，市場體系的運作原則必然影響它們。即使是非營利的媒體，同樣不能免於市場體系之外。曾經輝煌一時且具有歷史深度的《中央日報》、《民生報》等報紙皆因經濟問題，無力維持，悄然落幕於市場競爭之中。相較於香港報業高度市場導向的商業化，在《蘋果日報》未正式登臺前的臺灣報業，雖然，是商業性的報業體制，但因為受到中國傳統文人辦報的影響，商業氣息並不濃厚，反倒是報社老闆的政治立場和報業集團的利益考慮，才是左右臺灣報紙新聞呈現的主因。而新興的《蘋果日報》則以勢不可擋的姿態搶佔媒介市場，甚至 2003 年被稱為「蘋果年」，足以見其市場影響力。因此，各種媒介市場的特質，驅動並制約媒介的經濟行為。

　　當下的報紙在市場體系下運作，必然會受到市場結構因素的牽制，這其中包括發行市場、商品特質、競爭者多寡、進入市場的門坎、甚至營銷策略的因素影響。自臺灣報禁解除以來，報紙新聞受市場牽動、所有權嬗遞以及市場結構的轉變，直接帶動報紙編採政策的改變，並對報紙內容產生多方面的影響。近年來，傳播學界提出「市場新聞學」理論，則將新聞當成「產品」、發行變成「市場」，商業邏輯滲透新聞室，使新聞事業主要以市場需求為依歸。為爭取市場佔有率與生存發展，受到來自廣告主與讀者的雙重壓力。朝向議題與內容多元化的方向發展，加強讀者喜歡的軟性新聞比重。舉凡重大社會事件、生活、弊害等新聞，都被報紙列為優先處理的重點新聞，大陸新聞報導的意涵也隨之逐漸產生轉變，不再以「公共價值」評量，而是以「市場價值」取而代之。「報導大陸新聞不可能沒有立場，只是這樣的立場能不能接受公評。讀者會不會有興趣知道，是不是他們想要的，新聞產製成品要能接受讀者（消費者）的檢驗。」〔註30〕這種新的新聞價值選取標準讓現代新聞脫離傳統只是記錄一切的模式，變成一篇篇高相關、重實用、娛樂性掛帥的文章。〔註31〕當新聞媒體愈來愈趨於利潤導向，組織的工作需求也會愈來愈向經濟利益傾斜，記者新聞的呈現，也會愈來愈呈現利潤導向。

　　面對激烈的競爭狀態，作為營利企業的臺灣媒體仍受到「多數法則」的

〔註30〕錢震宇（2002）：《檢視臺灣報紙兩岸政治新聞的脈絡與演變——以李登輝執政時期為例》；臺灣私立淡江大學大眾傳播學研究所碩士學位論文，頁 133。

〔註31〕Brook, B. S. et al.（1995）：《當代新聞採訪與寫作》：李利國、黃淑敏譯；臺北：周知文化出版。

支配。其中，廣告是另一個會影響新聞議題設定與選材內容的經濟產業因素。廣告主的財務資助，對於媒介內容的影響力相當大，絕大多數以自由市場為核心概念的媒介，都會自我調整，以符合廣告主的最大利益，並且把自己的最重要旨趣設定為提供常態的操作條件。〔註 32〕只要能吸引最大數量的顧客並賺取最多的廣告收入，就是要提倡的內容。媒介視自身所生產的媒介內容為商品，媒體重視廣告超過言論，獲利超過言論責任。〔註 33〕而政府以「廣告主」的身份對媒介實施經濟壓力，成為控制與利用臺灣媒體的手段，來自政府的壓力，不但影響編輯的決定，而且也影響媒介組織內部的個人表現。因此，臺灣政府當局的「大陸觀」自然成為重要參考標準，臺灣媒體也只有作出立場表態的讓步。

對於「用錢買媒體」的做法，依據臺灣前行政院院長遊錫堃的說法：如果政府要做政策倡導，其內容卻非媒體所要報導，這時候政府可能必須付費；政府使用媒體通路，就像使用文具、建築物一樣，本來就應該付費。他還表示：政府「集中採購媒體節目」，價格雖然有高有低，但仍比過去省下更多經費，沒有立委指控「浪費人民血汗錢」的問題。事實上，只要政府有錢，就不會放棄收買媒體，因此，各家平面與電子媒體在經營大環境不佳的情況下，怎可能拒絕任何廣告。

政府以「廣告」為核心的經濟手段對分屬不同派別、陣營、集團的媒介進行不公正不平等的資源分配，從而達到利用媒體實施宣傳，鞏固統治的目的。2003 年初，臺灣「行政院新聞局」推出了 11 億新臺幣的所謂「媒體通路組合案」進行招標。此次招標要求各電子媒體和平面媒體相結合，以不同的組合方式向政府爭取廣告預算，附加的條件是必須將政府的政策宣傳融入新聞、娛樂、談話等節目中去。這一場美其名為「媒體置入性直銷」的「招標」引起眾多傳媒的不滿和爭議，〔註 34〕但其結果是由民進黨直接掌控的民間全民電視公司拔得頭籌，與其合作的平面媒體也不外是支持民進黨的《臺灣日報》、《新臺灣周刊》等。民進黨通過每年 40 億元新臺幣的廣告及媒體宣傳預算經費的採購或委辦事項操控媒體，委託經費被綠色媒體或傾向民進黨的媒

〔註 32〕 McQuail. D（2000）Mass communication theory：An introduction. Sage Publications Ltd.

〔註 33〕 周百濤（2002.3）：《開放報禁後臺灣報業的激烈競爭》；《新聞大學》，頁 35。

〔註 34〕 葉虎（2005）：《淺析民進黨執政以來對傳媒的控制與利用》；《海峽兩岸文化與傳播研究》；廈門：廈門大學出版社，頁 101。

體大量獲得，中立或批評的媒體卻被拔除在外。其中，獲得委託金額最多的是《臺灣日報》，而有著重要影響力的《聯合報》，因爲被歸爲「統派媒體」竟未獲得任何委託金額。每月上億元新臺幣的虧損重擔，已經讓《聯合報》的王家第三代背得很辛苦，〔註35〕而官方銀行又把支持力度完全倒向《自由時報》親綠媒體，經濟與政治的雙重壓力正改變著媒體的立場。「買新聞、買廣告、說我好話」，〔註36〕這樣的結果只會造成不斷地妥協讓步，而不斷地改變自身對大陸新聞的立場與態度。

二、政府對媒體經濟運營的財務掌控

經濟力量也可作爲限制媒介經營的理由，政治與資本相交織的權力關係對媒體公共利益的破壞進行或明或暗的滲透。政黨輪替後民進黨政府以財務壓力爲工具，發現只要透過對主要銀行的掌控，就可以輕易達到恫嚇媒體，讓它們「乖乖聽話」的辦法。那就是當媒體需要貸款或是緊急需要用錢的時候，政府操控銀行放款或是展延舊的借款，就可以達到其操控媒體的目的。這種財務上的掌控，遠比任何政治壓力來得有效，而且額外的好處是，幾乎不會留下任何操弄的痕跡。〔註37〕面對日益白熱化的競爭態勢，爲求大量資金的投入，媒體也會適度調整其立場。《中國時報》集團受經濟力的拉扯，爲向銀行貸款，也不得不改善與民進黨的關係。

在政府當局的經濟掌控下，臺灣媒體市場格局發生重大變化，原本弱小的「獨派」媒體迅速發展，而不與當局合作的媒體發行量日減，收入銳減。如《聯合報》雖一直保持很高聲譽，但自2000年後，廣告收入卻每年遞減二到三成，每年虧損20億新臺幣〔註38〕。以「獨派」宣稱的《自由時報》由於其在貨款、廣告、信息方面受到當局的支持，卻是長足發展，目前其發行量已高居島內第一。由「泛綠」政商把持的「臺灣廣告主協會」掌握著企業鉅

〔註35〕許清茂（2005）：《臺灣政黨與傳媒資源之互動》；《海峽兩岸文化與傳播研究》；廈門：廈門大學出版社，頁139。

〔註36〕陳孔立（2003.7）：《鞏固政權步履維艱──評三年來的臺灣政治》；《兩岸關係》，頁6。

〔註37〕陸以正、皇甫河旺、張作錦：《陷入險境的臺灣新聞自由》；http://www.npf.org.tw/Symposium/s93/920921-ns.html。

〔註38〕路鵬程（2006）：《臺灣媒體中的大陸圖象──對臺灣主流報紙大陸新聞報導的內容分析與控制分析》；蘇州大學碩士學位論文。

額的廣告費，他們通過廣告發包分配，給「臺獨」媒體注入鉅額經費，而對「統派」媒體則分文不予，迫其易幟。〔註39〕因此，臺灣媒體在面對日益激烈的競爭，爲求經營與生存，漸隱其「統」與「獨」的相衝突的政治表態，而選擇其質報小報化的生存策略，轉而關注大陸新聞的軟性報導。

　　2002年12月4日，《中國時報》頭版引述不具名的消息指出，新瑞都案大股東蘇惠珍於1994年底開具謝長廷擡頭的450萬元支票，最後通過轉手成爲陳水扁競選臺北市長的政治獻金。此新聞刊於大報頭版，立刻造成轟動。陳水扁當即透過「總統府」秘書長陳師孟會同律師召開記者會，聲稱「純屬子虛烏有」，並批評《中國時報》淪爲選舉工具，嚴重介入政治，已構成對陳水扁誹謗，並決定提出加重誹謗起訴。陳委託律師控告《中國時報》，是臺灣有史以來「國家元首」控告媒體的先例。〔註40〕《中國時報》未敢和陳水扁對薄公堂，立刻在第二天於該報頭版刊登道歉啟示，聲稱：

> 報館編輯部詳細檢討過有關報導之作業流程後，認爲該新聞雖已做過多方查證，惟其中涉及陳水扁部份未及時向總統府完成查證，造成陳水扁聲譽上之困擾，報館向陳水扁表達誠摯的歉意。(《中國時報》2002.12.5)

《中國時報》當時的總編輯黃清龍說：這起事件，我們犯錯，查證不夠，時報事後有向陳總統道歉。黃清龍說當時他也提出辭呈，表示負責。〔註41〕即使，新聞禁令解除了，所有新聞自由都落在媒體擁有者的手中，對民主化的傷害卻難改善。

第三節　臺灣媒體意識形態的運作

　　媒體的背後有雙看不見的手在運作，它引導著媒體該怎麼走、如何走，這雙看不見的手是什麼？我們姑且稱爲一種「意識形態」(ideology)。媒體的言論立場、處理方式、記者的報導、寫作都受這個意識形態的支配。

　　意識形態是一種脈絡可循的社會哲學或世界觀，現代社會中的意識形態分

〔註39〕趙可會（2004.1）：《簡論陳水扁執政對島內媒體生態的影響》；《臺灣研究》。

〔註40〕轉古明章（2007）：《陳水扁政府與媒體關係之研究》；臺灣中國文化大學政治學研究所碩士學位論文。

〔註41〕林朝億（2006.1）：《中時前總編輯黃清龍：媒體經營環境很壞，現在已經退到只剩下一條內褲了……》；《目擊者雙月刊》，頁71。

析必須把大眾傳播的性質與影響放在核心位置，縱然，大眾傳播不是意識形態運作的唯一場所。大眾傳播的發展大大擴大了意識形態在現代社會中運作的範圍，因爲，它傳輸到時間與空間上分散的、廣大的潛在受眾。任何媒介都有偏倚，它們分別以時間爲重點或以空間爲重點，由此規定社會流通知識的數量、性質以及社會的形態。〔註42〕大眾傳播媒體是人和外在世界之間的中介，也是一般社會大眾最容易接觸到的符號再現，具有建構社會眞實、傳達社會意義、塑造價值規範、形成社會共識與建立合法性等意識形態的功能。其中，新聞是由眞實中不同程度意識形態的部份共同建構而成的複雜產品。

一、主導意識形態的不同

如果把臺灣媒體對大陸新聞報導作爲一個整體來考察的話，那麼就會發現，臺灣媒體的大陸新聞報導是籠罩在臺灣特色的意識形態之下：意識形態凌駕新聞專業是臺灣媒體的病竈之一。兩岸關係發展是媒體意識形態一大變量，意識形態的迥異是形象建構過程中最大的障礙。

語言和文字是表現抽象意識形態的工具。兩岸隔離四十餘年，同一民族已形成不同的社群，因爲，雙方的政治、經濟、教育及社會制度的差異，而形成兩種不同的產物，受不同意識形態的薰陶所造成的差異，是建構誤讀的根源。

相同的字詞，在不同的意識形態之下被運用，其定義極可能完全不同。對於同一理念，如新聞自由的價值觀念存在最大的不同態度。以新聞而言，臺灣認爲「在西方民主意識形態下，臺灣有相當實質的、自主的、獨立的空間，任意馳騁。問一問臺灣新聞業者，那一個有一種加諸新聞事業的符咒。如果有，皆新聞自由爲先」。〔註43〕而與此相對，「中共的新聞事業完全是爲完成上級交付任務——宣傳」，「我們的新聞事業內容已邁向自由化、多元化，而不以一個主義、一個政黨、一個人思想爲滿足，新聞事業內容在提供不同信息，任人民自行選擇。」〔註44〕

2006 年，中共中央政府十屆人大常委會二十二次會議審議《突發事件應對法草案》，草案對新聞媒體在報導工業事故、自然災害、衛生健康或社會安

〔註42〕王政挺（1998）：《傳播：文化與理解》；北京：人民出版社，頁247。
〔註43〕潘家慶、許佳正、陳蕙芬（1990.7）：《兩岸記者交流的相關理論》；《新聞學研究》。
〔註44〕潘家慶、許佳正、陳蕙芬（1990.7）：《兩岸記者交流的相關理論》；《新聞學研究》。

全等突發性事件實行嚴格的限制。臺灣媒體認為「這是新聞自由的開倒車」。實際上，中國政府制定相關的應對制度和法規，健全信息公開的相關制度，制定行政法規，即對媒體報導突發事件職業行為的管理，強化職業規範的同時也逐漸開放。2007年6月，《突發事件應對草案》提交全國人大常委會二審，刪除了第57條中有關新聞媒體不得「違反擅自發佈」突發事件信息的規定，同時，還刪除了第45條中「並對新聞媒體的相關報導進行管理」這句話。這一做法符合信息傳播和新聞工作的特點，「突發事件讓媒體發言」。〔註45〕這也說明中國政府意識到媒體正常運行的重要性，也是雙方建立溝通減少誤讀的回應。

　　此外，意識形態的不同，也會造成對於同一事件有不同的理解與觀察角度。例如，對於「大陸向臺灣贈送大熊貓」這一事件的報導，因為不同的文化背景和意識形態，臺灣媒體敘事的重點與策略體現其立場，以及對大陸社會形象的建構。大陸通過贈送「象徵和平團結友愛」的大熊貓來表達一種願望，顯示大陸同胞對於臺灣同胞的一種親情與善意，以及希望兩岸關係也能夠實現和平團結友愛的願望。而與此意願不同，臺灣媒體稱：將「華盛頓公約」〔註46〕作為衡量贈送大熊貓的標準，這顯然目標是將之定位為「國與國」間來考慮的問題，並將大熊貓與大陸的毒品、黑槍、大陸妹、詐騙集團、飛彈等議題拉上關係〔註47〕，報導巧妙地實現主題轉換，從而實現注意力的轉換和導引，也強化大陸的落後以及給臺灣帶來的負面影響和「威脅感」。

　　人們在長期媒體呈現的刻板印象制約下，自治的人民是不可能經由發明、創造和組織一種消息結構來超越他們偶然的經驗和偏見〔註48〕。媒體所產製的符號真實雖取材自真實世界，而非憑空杜撰，但由於受到內外部因素的影響，易產生新聞偏向。因此，新聞媒體並不建構真實，而是再造社會主流意識形態，或者媒體將社會原料加工轉換成新聞素材。〔註49〕新聞工作者經常操弄符號，使受眾得以瞭解與接收信息。

〔註45〕陳力丹、吳璟薇（2007）：《突發事件讓媒體發言——從危機傳播管理看突發事件應對案第57條的修改》；《新聞與傳播評論》2006～2007年卷。

〔註46〕《中國時報》：2005.5.4；《自由時報》：2005.5.4。

〔註47〕《自由時報》：2005.5.4。

〔註48〕朱灼文（2003）：《社論的論證結構分析》；臺灣政治大學新聞研究所碩士學位論文，頁20。

〔註49〕Hall, S.（ed.）（1977）Representation：Cultural Representations and Signifying Practices. London：Sage.

二、媒體所有人意識形態對媒體的控制

　　媒體所有人對媒體的控制，是假籍媒體傳播力量鞏固自己的政治與經濟地位，控制生產工具的階級也同時掌控當代理念的生產與傳播。多數報社從總編輯、副總編輯到各新聞編採單位主管的管理階層，是形塑出報社組織文化與新聞價值觀的主要來源之一，甚至形成一種由上到下、集體共識的媒體價值與組織文化，成為記者在處理新聞與評論時奉行的標準。報社管理階層並非全體一致認同某一種言論立場與新聞價值，而是出現「以大包小」的現象、形成優勢新聞價值觀，讓少數不同立場難以呈現。報社老闆會借由其所有權，將其意識形態以直接的採訪指示或間接的新聞室社會控制，對新聞內容產生影響，使新聞的呈現產生一面倒的報導偏峰情形，〔註50〕所以，其意識形態的影響是企圖由媒體傳遞給社會大眾。例如，《自由時報》旗下的《臺北時代》（Taipei Times）也貫徹其母報的精神，宣稱「本報支持泛綠的立場絕不容質疑與挑戰，任何人若不同意此一立場，請不要勉強自己，繼續在這裏過不快樂的日子。我歡迎不認同本報立場的人請儘快在選前離職，我會尊重各位的選擇並成全想走的人」。〔註51〕因此，在臺灣的選舉競爭過程中，省籍情結與統獨立場經常被不同黨派的候選人運用作為動員支持者、甚至激化選情的一種根據。媒體所有人運用權力／知識的關係，在意識形態中建構了優勢的知識力量，並且排擠了其他的話語，而記者也運用他們的組織所運用的話語權力，依照他們對「中國印象」的瞭解，進行分類別與價值化的貼標籤。在無形中，這些遊戲規則變成了媒體所認可、認同的人所熟知的共識，也可視作行為規範和價值觀。

　　媒體不但塑造社會形象，更建構社會知識，反映意識價值。在新聞中傳達的除了新聞事件外，還包含著新聞工作者及新聞組織，通過新聞專業意理及工作常規所呈現的意識形態。這個意識形態可能是整體社會共構的，具有普世價值的觀念，但也可能是媒體企圖去操弄事件呈現出來用以影響公眾。臺灣媒體在大陸形象建構的過程中，這種意識形態的角色表達得更為明顯。臺灣媒體將大陸形象按其所需，分類排比、褒貶善惡、區別「正常」、賦予規範及價值涵義，這種行事方法慣以成例，便會推行為媒體守則。「報社的大原

〔註50〕翁秀琪（1998.7）：《批判語言學、在地權力觀和新聞文本分析：宋楚瑜辭官事件中李宋會的新聞分析》；《新聞學研究》。

〔註51〕South China Morning Post：2004.2.20.

則始終是有的，這個消息對臺灣會有什麼影響，或是不利的影響，要是對臺灣沒有太大意義的、比較不利的，就會做小，基本上以臺灣利益優先。例如大陸洪災的報導，在對方沒有解除敵意前，如果是要錢的新聞，我們不會登太大，像新疆地震也是粗淺報導。像 SARS 疫情，大陸隱藏疫情，這是一個事實，突顯出大陸行政部門無能問題，我們就會契而不捨的報導，甚至做到前面的版面，讓臺灣民眾知道大陸政府的腐化，瞭解對岸不像某些人說的一片大好，臺灣都是不好。」〔註 52〕因為，負面報導更有可能成為新聞，新聞報導的選擇過程根植於寬泛的社會和文化價值中，媒體反映了社會話語中的政治和意識形態的價值觀。〔註 53〕

　　雖如雷蒙‧威廉斯（Raymond William）所言，意識形態一直不斷地被更新、再造、辯證。但一般來說，宰制者的意識形態框架往往被媒體視為理所當然，並且被媒體生產與辯護，卻又同時否認這是種實踐霸權的行為。霸權的運作是有效率且無法被意識到的。記者通常被形容成是獨立、具有道德感，及為公益服務的一群工作者。實際上，記者並非獨立的個體，雖然，身處宣稱中立的媒體機構中，依循著自己所認同的事業意理與自主性從事新聞工作，從外在環境、社會價值和經濟價值的需求來考量新聞價值，卻會在無意識中把意義構連至符合統治者的利益〔註 54〕「在全球化的時代下，臺灣的國家安全體系要做重新的考慮，其中就包括兩岸政策，另外就是共產主義的瓦解，使中國大陸有許多的變化，在外在的大氣候底下，你如何建立所謂的國家生存戰略、兩岸機制，這也就是新聞的價值所在，社論也是一樣。」〔註 55〕在臺灣媒體的整個話語陳述背後，存在著一種意圖支配建構知識，以權威性、操控性的手段決定哪些才是「正確知識」。因此，臺灣媒體對於其所報導的「中國形象」的再現，皆經過層層選擇以達到預定目的，隱含著特定的意識形態，因為，每一種話語都代表著一種立場。

〔註 52〕 李祖舜（2004）：《擺蕩在政治與事業之間：報紙政治記者對新聞實務與專業角色的認知》；臺灣政治大學新聞碩士在職專班碩士學位論文，頁 135。

〔註 53〕 （荷）托伊恩‧A. 梵‧迪克（2003）：《作為話語的新聞》；曾慶香譯；北京：華夏出版社，頁 125。

〔註 54〕 Gitlin, T.（1980）. The Whole World is watching. Berleley：University of California.

〔註 55〕 錢震宇（2002）：《檢視臺灣報紙兩岸政治新聞的脈絡與演變——以李登輝執政時期為例》；臺灣私立淡江大學大眾傳播學研究所碩士學位論文，頁 133。

第四節　兩岸新聞機構新聞管制政策

　　兩岸新聞採訪因政治因素影響必然會受到外在因素的控制。由於其特殊的政治關係與意識形態，加上新聞報導本身即具有一定的意識形態傳達功能，所以，兩岸政府皆針對新聞交流採訪制訂了相關法規與政策。這些法令規範的限制，導致兩岸新聞交流受到一定的局限。〔註 56〕從兩岸有關臺灣媒體赴大陸採訪的規定中，我們可以體察到兩岸通過許多法律條文來管制媒體行動，這也是影響兩岸媒體交流與傳播的主要障礙之一。

一、大陸關於臺灣記者赴大陸採訪的規定

　　大陸對兩岸新聞交流規定分爲兩個部分：一爲對臺灣記者赴大陸採訪的規定；一爲大陸記者赴臺灣採訪的規定。在臺灣記者赴大陸採訪的規定上，最主要的基本文件爲《關於臺灣記者來祖國大陸採訪的規定》（見表 4－1－1）。

　　1988 年 5 月 31 日，中共中央宣傳部與中央對臺辦公室聯合頒佈《關於臺灣記者在大陸採訪的管理辦法》，全文共 14 條，成爲大陸第一個管理臺灣記者的法規。1996 年 12 月，中華人民共和國國務院臺灣事務辦公室發佈《關於臺灣記者來祖國大陸採訪的規定》（以下簡稱《規定》），使得臺灣媒體可以派記者到北京等地從事輪換式的、經常性的採訪活動。2002 年底發佈的新《規定》對 1996 年頒佈的《關於臺灣記者來祖國大陸採訪的規定》進行了適度地修訂。根據《規定》，進一步下放審批權，減少環節，簡化手續，提高效率；同時，簡化了臺灣記者《採訪證》的申請手續。〔註 57〕修訂版放寬了臺灣記者赴大陸採訪的申請限制。同時，規定也指出，憑證採訪，應按批准的採訪計劃進行，須遵守法律、法令和有關規定，不得進行與記者身份不符的活動。

　　雖然，此項措施尚未允許臺灣媒體「常駐」，但是，這項新規定大幅簡化臺灣記者的申請手續。國臺辦表明，制定臺灣記者赴大陸採訪的規定，是爲加強海峽兩岸新聞交流，促進兩岸關係發展。〔註 58〕正如臺灣媒體評論所言：此舉顯示中共對臺灣記者前去採訪，已具有自信兩岸媒體都有到對岸設站的

〔註 56〕　王毓莉（2001）：《兩岸駐點記者報導方向研析》；臺北：行政院大陸委員會，頁 120。

〔註 57〕　新華社（2002.12.2）：《國臺辦就關於臺灣記者來祖國大陸採訪的規定談話》。

〔註 58〕　中央社（2002.12.2）：《臺灣記者赴中國大陸採訪新規明年元月實施》。

意願與要求兩岸新聞交流應可一步推動。〔註 59〕

表 4－1－1：大陸規範臺灣記者赴大陸採訪的規定

法規名稱	施行起迄時間
關於臺灣記者在大陸採訪的管理辦法	1988.5.31～1989.9.15
關於臺灣記者在大陸採訪的注意事項	1989.9.15～1996.12.31
關於臺灣記者來祖國大陸採訪的規定	1997 年 1 月實施
關於臺灣記者來祖國大陸採訪的規定	2002.12.2 修訂發佈，2003.1 實施

表 4－1－2：大陸規定臺灣記者赴大陸採訪申請要求

申請時限	申請人資格	申請採訪文件	記者採訪活動
提前十天可直接向大陸有關部門提出申請，獲准後到大陸，憑民間團體中國記協的《採訪證》進行採訪	指正常出版和發布新聞的臺灣地區報社、雜誌社、通訊社、廣播電臺、電視臺等新聞機構的記者、編輯（包括攝影、錄影人員等）。	大陸有關部門要求申請者提供記者所在新聞機構的證明、記者簡歷和採訪計劃。	大陸的臺灣記者也可以參加外交部、國務院新聞辦、國務院臺辦等部門舉行的新聞發佈會。

二、臺灣關於臺灣記者赴大陸採訪的規定

　　臺灣方面關於兩岸記者採訪的法規也分為兩部分：一為臺灣記者赴大陸的採訪規定；一為大陸記者來臺灣的採訪規定。其中，臺灣記者赴大陸採訪的法規有：《大眾傳播事業赴大陸地區採訪、拍片、製作節目作業要點》、《大眾傳播事業赴大陸地區採訪、拍片、製作節目作業規定》等（見表 4－2－1）。

　　1987 年，臺灣公佈《復興基地居民赴大陸淪陷區探親辦法》，大陸探親政策正式開放實施。在這項政策中，臺灣民眾可以合法地前往大陸探親、觀光旅遊，許多臺灣記者便是以此名義順道赴大陸採訪。同年 9 月，《自立晚報》派遣兩名記者首赴大陸進行 14 天採訪，開啓了兩岸新聞交流的先河。自從《自

〔註 59〕引自郭婉玲（2003）：《兩岸新聞交流歷程之探索（1987～2003）》：臺灣中國文化大學中國大陸研究所碩士學位論文，頁 121。

立晚報》開啓這扇大門後，一批臺灣記者也開始赴大陸採訪報導的工作，臺灣政府無法阻擋這股交流趨勢。1989 年 4 月 20 日公佈《現階段大眾傳播事業赴大陸地區採訪、拍片、製作節目報備作業規定》，正式予以合法化，這也是臺灣政府規範兩岸新聞採訪交流的第一條法規。

表 4－2－1：臺灣規範臺灣記者赴大陸採訪規定

規範臺灣記者赴大陸採訪法規名稱	施行起迄時間
「報禁」相關法規	至 1988 年 1 月解除
戒嚴法	1949.1.14 實施
懲治叛亂條例	1949.6.21～1991.5.22
戒嚴令	至 1987 年 7 月解除
開放大陸探親：復興基地居民赴大陸淪陷區探親辦法	1987 年 9 月公佈
現階段大眾傳播事業赴大陸地區採訪、拍片、製作節目報備作業規定	1984.4.20～1992.9.1
現階段大眾傳播事業赴大陸地區採訪、拍片、製作節目報備作業實施要領	1989.5.19～1992.9.1
大眾傳播事業赴大陸地區採訪、拍片、製作節目作業規定	1992.9.1～1993.7.2
臺灣地區大眾傳播事業赴大陸地區採訪、拍片、製作節目許可辦法	1993.7.2～2000.10.26

對於兩岸的規定兩相比較，臺灣媒體對大陸的規定頗有微辭。由於，中共嚴格要求的組織紀律，使各級部門官員均無權自行決定接受臺灣記者採訪，若臺灣記者提出採訪申請，則各部門皆需聯繫臺辦部門同意。即使官員獲得同意接受臺灣記者採訪，通常言論相當限制，基本上仍須依照官方的尺度作答，新聞價值有限。臺灣記者迄今違反規則的，輕則遭口頭警告，稍嚴重的點名約談、寫說明書。重者限期出境，並限制入境，在這樣的遊戲規則下，臺灣記者必然會做出部分的自我設限，避免觸犯敏感的問題。臺灣記者在大陸採訪面臨的最大困難，是中共各級部門對臺灣記者採取的關門政策。〔註 60〕由於，中共意識形態問題，使得記者在採訪過程中會受到干擾，難以實現不受干擾的自由「採訪權」。在大陸進行採訪的禁忌較多，常有記者因未按照

〔註 60〕 郭婉玲（2003）：《兩岸新聞交流歷程之探索（1987～2003）》；臺灣中國文化大學中國大陸研究所碩士學位論文，頁 121。

中共的指定安排發佈消息，而遭到驅逐甚至是拘捕。〔註61〕臺灣記者大多表示新聞採訪過程中限制的內容爲〔註62〕：

1. 採訪信息不透明。

2. 在大陸採訪，凡事都需要事先申請，經常耽誤到採訪時間，甚至拍攝街頭都需要申請或有限制。

3. 新聞制度是將記者視爲宣傳工具，對待記者的方式較不同。

4. 難以聯絡到受訪對象（包括官員及民眾，且大多需要向上級請示），即使聯絡到對方多半不願受訪，對電話採訪的接受度也很低。

5. 自由消息取得不容易，防範媒體心態極濃。

6. 新聞議題受到限制，無法多樣性，如議題敏感、群眾問題皆不能採訪。

7. 去外地要申請。

8. 群眾對記者及攝影機好奇度高，造成採訪困難度增加。

9. 官員對記者態度、採訪環境、配套條件的準備都不如臺灣，例如資料的可親近性和掌握較不容易。

10. 大陸新聞消息管道有限、求證難度高，很難做精確的報導及分析。

11. 大陸採訪主動性及自主性較低，採訪對象的答覆也常以模糊語言帶過，很難窺伺實際意涵。

12. 新聞發佈方式、新聞處理尺度、新聞可靠性、新聞對象的交往都受到很多限制。

其實，在大陸採訪也有比臺灣採訪較佳之處，臺灣讀者對此也有感觸。例如，主題性較自主，無須跟從新聞口水或潮流，在主動發掘新聞下，對記者的規劃能力有較佳的幫助，以及較有秩序規劃採訪，能夠提升同業自制力。

實際上，大陸對臺部門近來在評估進一步開放臺灣記者赴大陸採訪的規劃過程中，對現行「限時、限地、限主題」的採訪規定，也採取了彈性的調整，相繼開放臺灣電子媒體與平面媒體運用輪流的「駐點採訪」，發揮「常駐採訪」的實質作用。自 1991 年後，中央社、《聯合報》、《中國時報》開始輪派記者赴大陸駐點採訪，每次駐點時間約一個月，必要時可視情況延長時日。

〔註61〕林森鴻（1994）：《兩岸報紙互動關係之研究（1987～1992）》；臺灣私立淡江大學中國大陸研究所碩士學位論文，頁95。

〔註62〕林森鴻（1994）：《兩岸報紙互動關係之研究（1987～1992）》；臺灣私立淡江大學中國大陸研究所碩士學位論文。

由於時間較個案申請停留的時間長，所以，報導內容的廣度、深度都比個案採訪時期增強，在大陸採訪建立關係也較深厚，加上實際在當地生活、第一線觀察，都有助於報導的客觀性和正確性。在此基礎上，臺灣媒體報導大陸新聞被要求客觀、公正、快速、多元的標準，爲達到這項標準，臺灣學者認爲，進一步爭取記者在大陸主要城市常駐，成爲臺灣媒體的共同目標。「可以預見一旦大陸同意臺灣媒體記者前往常駐，臺灣媒體對大陸新聞的報導將更大幅的往前邁進。」〔註63〕

臺灣的新聞事業融合了西方新聞自由的思想，自由報業理論和社會責任理論的特色，呈現出自由化、多元的發展，具體實踐了新聞事業所應發揮的功能。然而，新聞畢竟無法獨立形塑政治體制的輪廓，牽涉敏感的大陸新聞更加受到政府及執政者的重視。兩岸雙方長久的隔閡，政治立場爭議不斷，致使雙方對相互關係的定位，有著不同的主觀期待。加之，新聞報導篇幅有限，記者在撰採新聞時或斷章取義，或受限時間版面難以周全，眞正呈現在受眾面前的亦有片面的信息。事實上，新聞在守門人的選擇過程中，許多議題已經被排除在外，因採訪管道的受限，臺灣民眾所能獲得的信息更有限。因此，在新聞媒介的產製過程當中，有諸多因素會影響媒介眞實。更爲關鍵的要素，臺灣媒體對大陸形象的建構，取決於媒體對新聞價值的判斷、媒體組織的經濟和政治「需求」，其目的在於求生存、擴大營利、高銷售量與廣告收入、保持其政治立場並安撫政治人物。

事實不是謬誤的相反，事實是一種論證戰略。事實的背後存在著許許多多的東西：或許是人們的本能、衝動、欲望與恐懼。〔註64〕事實是這些要素互相鬥爭下所產生的，事實不是其所指稱之物，它是一場場權力鬥爭下產生的結果。

〔註63〕郭婉玲（2003）：《兩岸新聞交流歷程之探索（1987～2003）》：臺灣中國文化大學中國大陸研究所碩士學位論文。

〔註64〕Appleby, J. Hunt, L. &Jacob, M（1994）. Telling the truth about history. Big Apple Tuttle-Mori Agency. pp.178～198.

結　語

　　瞭解是一個永無止境的過程，永遠開放的過程。〔註1〕臺灣對大陸形象的建構，在促進島內民眾對大陸的瞭解與經貿信息的流通方面，扮演著積極而重要的角色，但也不容否認，媒體無法免除來自上層建築政治決策與不同社會文化環境的影響。

　　臺灣媒體在社會解嚴、開放黨禁、報禁後，新聞競爭更具激烈。媒體以市場、讀者為經營導向，提供受眾多元化、多角度、多層面的訊息，是在新聞自由社會中絕大多數媒體的編輯政策。在此政策下，記者不僅要詳盡報導公開的新聞，更要挖空心思追求獨家、幕後的新聞。臺灣媒體的特色，反映在建構大陸形象上，針對一個事件，它通常不僅呈現臺灣官方的政策立場，還會報導在野政黨的意見、學界研析、社會各界的輿情，此外，還會報導海峽對岸官方及學界的反應，以及國際間如美、日等主要相關大國的意見。媒體成為社會中呈現各方意見的平臺，橋梁溝通的角色十分明顯。臺灣媒體作為一座呈現各方意見的橋梁，理應以客觀、公正、中性色彩為指針。但是，臺灣媒體在統獨的光譜上各有不同的色度，影響到報導內容的取向而受到質疑。未來媒體如何使新聞報導以及建構形象更趨向客觀公正的指向，是媒體決策者需要面對的課題。「媒體必須承擔更多的責任，不光是為了他們自身的利益，更應設想為自由社會中哪些是好的，並確保這是為全體大眾的利益皆有好處。」〔註2〕媒體的角色也必將褪去更多政治化的成份，回歸到純正常態

〔註1〕　余英時（1994.1）：《哈伯馬斯的批判理論與意識形態》：《中山社會科學院學報》，頁14。

〔註2〕　Lee Edwards（1984）. Media politic：How the Mass Media Have Transformed World Politics. USA. The Catholic University of America Press. pp.13.

的新聞事業，以爲受眾提供新聞信息，維護讀者知的權益爲天職。如果爲追求銷路，刺激讀者閱讀興趣，達到追求公平正義的假象，而在報導的平衡木上失去重心，跌得最痛的還是我們的社會。〔註3〕

　　媒體有助於社會控制，卻非牢不可破。隨著高科技網絡對人們傳統習慣所可能產生的重大影響，越來越引起廣泛關注。有學者也樂觀地預見網絡對於兩岸新聞交流產生的影響：當我們把科技觀念引進到兩岸新聞交流，從而去建構一個傳播科技化的兩岸關係，以便取代目前的政治化的兩岸關係，此種在「距離外科技對話」的兩岸關係，是一種安全、無目的、無壓力，真正自由、真正主體和真正人民的兩岸關係。〔註4〕透過網際網絡，未來兩岸差距越來越小，思想觀念進一步交流，兩岸將來可以在網際網絡上達成自然的統一。〔註5〕但科技真的是解決一切問題和紛擾的靈丹妙方嗎？大陸顯然在構建兩岸網絡互動交流的一環中仍處於弱勢。在中國這樣一個不發達國家中，廣大勞動人民相對處於貧窮狀態，計算機的普及率極低，且大多集中在大、中及沿海城市的少數中產階級和知識分子手中，許多老、邊、山區和農村的莘莘學子至今甚至還不知計算機爲何物，他們往往連自家門口一條平坦的泥路都沒有又惶論「信息高速公路」。〔註6〕但這提供給我們一種思路：新聞媒體是溝通的橋梁，新聞記者更是歷史的見證者，「統、獨」肯定不是唯一的主題，一個新的既熟悉又有點陌生的兩岸關係正在建構之中。處在 e 時代的新世紀門口，新聞交流應有 e 化的視野，也不應只有僵化的思維去面向未來，隨著全球政治、經濟、信息化的互動日益頻繁，新聞媒體在社會中、在兩岸關係上扮演什麼角色，發揮什麼功能，值得深思與關注。

〔註3〕 張金煌（1989）:《爲新聞界把脈》；臺北：華瀚文化股份有限公司，頁153。
〔註4〕 楊開煌（1999.7）:《網絡科技兩岸關係的新推手》;《投資中國》。
〔註5〕 郭婉玲（2003）:《兩岸新聞交流歷程之探索 1987～2003》;臺灣中國文化大學中國大陸研究所碩士學位論文，頁93。
〔註6〕 張先梁（2001.6.14）:《網絡科技對中國人權狀況的影響》；http://www.asiademo.org。

參考文獻

中文參考文獻

1. 楊孝濚（1982）：《傳播研究與統計學》；臺北：商務印書館。

2. 李金銓（1984）：《大眾傳播理論》；臺北：三民書局。

3. 李金銓（1987）：《是重建媒介公信的時候了》；《新聞的政治，政治的新聞》；臺北：圓神。

4. Steven Fink（1987）：《危機管理》；韓應寧譯；臺北：天下文化。

5. 張玉法（1988）：《中國現代史》；臺北：東華。

6. 汪其楣（1989）：《人間孤兒》；臺北：遠流。

7. （美）沃爾特·李普曼（W. Lippmann）（1989）：《輿論學》；林珊譯；北京：華夏出版社。

8. 張金煌（1989）：《為新聞界把脈》；臺北：華瀚文化股份有限公司。

9. 方積根（1990）：《臺灣新聞事業概況》；北京：新華出版社。

10. 王石番（1991）：《傳播內容分析法——理論與實證》；臺北：幼獅文化。

11. 洪英正、黃天中（1992）：《心理學》；臺北：桂冠。

12. 黃新生（1992）：《媒介批評》；臺北：五南圖書出版公司。

13. 李松林（1993）：《蔣介石的臺灣時代》；臺北：風雲時代。

14. Michael Schudson（1993）：《探索新聞》；何穎怡譯；臺北：遠流出版。

15. 廖炳惠（1994）：《導讀：後殖民論述》；《回顧現代：後現代與後殖民論文集》；臺北：麥田。

16. 彭家發（1994）：《新聞客觀性原理》；臺北：三民書局。

17. 石之瑜（1995）：《後現代的國家認同》；臺北：世界書局。

18. 陳敦德（1995）：《毛澤東與蔣介石的最後交手：兩個政治巨人隔海鬥智鬥力》；臺北：風雲時代。

19. 石之瑜（1995）：《大陸問題研究》；臺北：三民書局。

20. Brook，B. S. et al.（1995）；《當代新聞採訪與寫作》：李利國、黃淑敏譯；臺北：周知文化出版。

21. 中華民國新聞評議委員會（1996）：《媒體如何採訪報導大陸新聞》；臺北：新聞評議會。

22. 楊孝榮（1996）：《傳播研究方法總論》；臺北：三民書局。

23. 鍾蔚文、臧國仁、陳百齡、陳順孝（1996）：《新聞記者知識的本質：專家與生手的比較（I）》；國科會專題研究計劃（NSC-85-2412-H-194-006）期中報告。

24. 張茂桂等（1996）：《族群關係與國家認同》；臺灣：業強。

25. 《臺灣問題重要文獻資料彙編》（1997）：北京：紅旗出版社。

26. 陳韜文（1997）：《大眾傳播與市場經濟》；香港：盧鋒學會。

27. 王政挺（1998）：《傳播：文化與理解》；北京：人民出版社。

28. 施正鋒（1998）：《族群與民族主義——集體認同的政治分析》；臺北：前衛。

29. Babbie, Earl（1998）；《社會科學研究方法》：李美華譯；臺北：時英出版。

30. 翁秀琪（1998）：《大眾傳播理論與實證》；臺北：三民書局。

31. 臧國仁（1999）：《新聞媒體與消息來源：媒介框架真實建構之論述》；臺北：三民。

32. （美）傑克‧富勒（1999）：《信息時代的新聞價值觀》：展江譯；北京：新聞出版社。

33. 劉紀蕙（2000）：《孤兒‧女神‧負面書寫：文化符號的微狀式閱讀》；臺北：立緒。

34. 施正鋒（2001）：《臺灣人的國家認同》；《國家認同論文集》；臺北：稻鄉出版社。

35. 施正鋒（2001）：《臺中美三角關係》；臺北：前衛出版社。

36. 羅爾夫‧奈葛林（2001）：蔡明燁譯；《媒體與政治》；臺北：木棉國際事業。

37. 彭明輝（2001）：《中文報紙王國的興起——王惕吾與聯合報系》；臺北：稻鄉。

38. Wimmer & Dominick（2002）；《大眾傳媒研究：導論》：黃振家等譯；臺北：學富。

39. （荷）托伊恩‧A.梵‧迪克（2003）；《作為話語的新聞》：曾慶香譯；北

京：華夏出版社。

40. 王健壯等（2003）：《建構——個界限清楚的媒體與社會》；《再造公與義的社會與理性空間》；臺北：財團法人時報文教基金會。

41. 邵宗海（2003）：《當代大陸政策》；臺北：生智文化。

42. 全國臺灣研究會《兩岸關係研究報告》（2003）：《政黨輪替後臺灣媒體生態觀察》；北京：九州出版社。

43. 范希周（2004）：《臺灣政局與兩岸關係》；北京：九州出版社。

44. 葉定國（2004）：《論臺灣的國家安全——一個國際關係建構主義的觀點》；臺灣中山大學中山學術研究所。

45. 黃旦（2005）：《傳者圖象：新聞專業主義的建構與消解》；上海：復旦大學出版社。

46. 葉虎（2005）：《淺析民進黨執政以來對傳媒的控制與利用》；《海峽兩岸文化與傳播研究》；廈門：廈門大學出版社。

47. 許清茂（2005）：《臺灣政黨與傳媒資源之互動》；《海峽兩岸文化與傳播研究》；廈門：廈門大學出版社。

48. 董素蘭（2005）：《解讀訊息——以報紙為例》；臺北：正中書局。

49. 王天濱（2005）：《新聞自由——被打壓的臺灣媒體第四權》；臺北：亞太圖書。

期　刊

1. 潘家慶、許佳正、陳蕙芬（1990.7）：《兩岸記者交流的相關理論》；《新聞學研究》。

2. 張麟徵（1990.12）：《務實外交——政策與理論之解析》；《問題與研究》。

3. 鍾蔚文（1992）：《從媒介真實到主觀真實》；臺北：正中書局。

4. 俞雨霖（1992）：《民間媒體在兩岸交流中之角色分析》；《東亞季刊》。

5. 丁樹範（1992.8）：《開放探親以來中華民國的大陸政策的發展》；《中國大陸研究》。

6. 楊志弘（1993.7）：《海峽兩岸新聞交流之探討》；《報學》。

7. 楊開煌（1993）：《兩岸文化交流中「政治因素」之考察》；《兩岸》。

8. 余英時（1994.1）：《哈伯馬斯的批判理論與意識形態》；《中山社會科學院學報》。

9. 尹章義（1994）：《臺灣意識的形成與發展》；《認同與國家：近代中西歷史的比較論文集》。

10. 張榮添（1994.12）：《臺灣對大陸政治新聞報導的檢討》；《臺大新聞論壇》。

11. 秦志希（1995.1）：《中國大陸與臺灣省傳媒的民族文化特性》；《新聞與傳

播研究》。

12. 張茂桂、蕭蘋（1995.1）：《「族群」議題的新聞詮釋——兼論報紙與公共領域問題》；《臺大新聞論壇》。

13. 吳高福（1995）：《關於建構「一國兩制新聞學」的思考》；載《兩岸交流與新聞傳播》；武漢：武漢大學出版社。

14. 平路（1995）：《我對臺灣文學的看法》；《文訊月刊》。

15. 蘇蘅（1995.1）：《消息來源與新聞價值——報紙如何報導「許歷農退黨」效應》；《新聞學研究》。

16. 呂傑華（1995）：《報業發展與經濟變遷——論報禁解除十週年臺灣報業生態與發展趨勢》；《民意研究季刊》。

17. 黃肇松（1996）：《兩岸文字媒體交流的過去，現在與未來》；《兩岸大眾傳播交流與展望》；臺北：銘傳管理學院。

18. 童兵（1997.2）：《臺灣媒體的大陸新聞及其報導隊伍》；《新聞界》。

19. 蕭眞美（1997.5）：《兩岸新聞交流的回顧與展望》；《中國大陸研究》。

20. 楊志弘、王毓莉（1997）：《兩岸通俗文化交流之研究（1987～1997）》；行政院大陸委員會委託研究。

21. 單波（1998.3）：《關於海峽兩岸傳播媒介比較研究的反思》；《新聞與傳播研究》。

22. 李金銓（1998）：《媒介市場與政治衝突：海峽兩岸新聞交流十年》；《東亞季刊》。

23. 朱全斌（1998.1）：《由年齡、族群變項看臺灣民眾的國家及文化認同》；《新聞學研究》。

24. 翁秀琪（1998.7）：《批判語言學、在地權力觀和新聞文本分析：宋楚瑜辭官事件中李宋會的新聞分析》；《新聞學研究》。

25. 呂新雨（1999.4）：《媒體的狂歡——對臺灣傳媒生態的觀察與思考》；《新聞大學》。

26. 楊開煌（1999.7）：《網絡科技兩岸關係的新推手》；《投資中國》。

27. 范麗青（2001.1）：《十年走一步 熱情依舊 尷尬依舊》；《中國記者》。

28. 秦亞青（2001.3）：《國際政治的社會建構——溫特及其建構主義國際政治理論》；《歐洲研究》。

29. 王毓莉（2001）：《兩岸駐點記者報導方向研析》；臺北：行政院大陸委員會。

30. 陳寒溪（2001.3）：《美國媒體如何「塑造」中國形象——以「中美撞機事件」爲例》；《國際新聞界》。

31. 李艾麗（2001.5）：《論日據時期臺灣同胞的祖國意識》；《廣西民族學院

學報》。

32. 邱林川（2002.1）:《多重現實：美國三人報對李文和的定型與爭辯》;《新聞與傳播研究》。

33. 楊立憲（2002.1）:《當前臺灣在有關兩岸關係問題上的主流民意探討》;《臺灣研究集刊》。

34. 劉小燕（2002.2）:《關於傳媒塑造國家形象的思考》;《國際新聞界》。

35. 周百濤（2002.3）:《開放報禁後臺灣報業的激烈競爭》;《新聞大學》。

36. 唐佩君（2002.5）:《國民黨報進入收盤時刻》;《財訊》。

37. 紀淑芳（2002.5）:《黎智英即將下達攻臺令》;《財訊》。

38. 吳亞明（2002.6）:《駐點臺灣話採訪》;《新聞戰線》。

39. 金苗、熊永新（2003.3）:《美國 25 家日報要聞版伊拉克戰爭報導新聞構架分析》;《新聞與傳播研究》。

40. 陳延升（2003.4.1）:《蘋果 vs.臺灣三大報 180 天攻防》;《數字時代雙周》。

41. 張亞中（2003.6）:《兩岸治理》;《問題與研究》。

42. 陳孔立（2003.7）:《鞏固政權步履維艱──評三年來的臺灣政治》;《兩岸關係》。

43. 趙可會（2004.1）:《簡論陳水扁執政對島內媒體生態的影響》;《臺灣研究》。

44. 姚人多（2004.2）:《臺灣媒體與政治加速墮落之中》;《財訊月刊》。

45. 潘曉凌、喬同舟（2005.4）:《新聞材料的選擇與建構：連戰「和平之旅」兩岸媒體報導比較研究》;《新聞與傳播研究》。

46. 方曉虹（2005）:《臺灣報紙眼中的大陸：由人民日報和中國時報對香港特首補選和「神六」報導談起》;《兩岸傳播媒體邁向 21 世紀學術研討會論文集》;武漢大學新聞與傳播學院編。

47. 柯慧新、劉來、朱川燕、陳洲、南儒（2006.1）:《兩岸三地報紙災難事件報導研究──以臺灣 921 地震報導爲例》;《新聞學研究》。

48. 鄭鴻生（2005.1）:《臺灣的大陸想像》;《讀書》。

49. 卞冬磊、張稀穎（2005.2）:《轉型期大眾傳媒報導與大學形象塑造關係研究──以 2004 年 1 月 1 日以來的相關報導爲研究對象》;《新聞傳播與研究》。

50. 魏玓（2005.12）:《新政媒關係批判──從 TVBS 事件說起》;《臺灣社會研究季刊》。

51. 蘇蘅（2006）:《九十四年報業市場概況》;《2006 出版年鑒》;臺北行政院新聞局。

52. 林朝億（2006.1）:《中時前總編輯黃清龍：媒體經營環境很壞，現在已

經退到只剩下一條內褲了……》；《目擊者雙月刊》。

53. 麥尚文（2006.2）：《新時期中國典型人物「媒介形象」的變遷與突破》；《新聞大學》。

54. 金兼斌（2006.2）：《大眾傳媒中的大學形象》；《國際新聞界》。

55. 曾建元（2006.4）：《國民主權與國家認同》；《中華人文社會科學》。

56. 曹晉（2007.4）：《體育明星的媒介話語生產：姚明、男性氣質與國家形象》；《新聞大學》。

57. 陳力丹、吳璟薇（2007）：《突發事件讓媒體發言——從危機傳播管理看突發事件應對案第 57 條的修改》；《新聞與傳播評論（2006～2007 年卷）》。

58. 何晶（2008.2）：《我國媒介文本對「中產階層」的形象建構過程分析——一種「互文性」分析的視角》；《國際新聞界》。

學位論文

1. 陳麗香（1976）：《傳播行為與映象形成關聯性之研究》；臺灣政治大學新聞研究所碩士學位論文。

2. 林有清（1988）：《國內報紙「大陸新聞」報導之內容分析：以聯合報、青年日報、自立早報為例》；臺灣政治作戰學院新聞研究所碩士學位論文。

3. 金士秀（1989）：《我國新聞媒介對中共形象的塑造》；臺灣國立政治大學新聞研究所碩士學位論文。

4. 戴秀玲（1989）：《國內報紙所塑造的中國大陸形象研究——以中央日報、中國時報、聯合報、自立早報為例》；臺灣文化大學新聞研究所碩士學位論文。

5. 張立蔭（1993）：《兩岸信息交流之研究——以海峽兩岸十家日報報導「大陸十八位記者來臺訪問」個案為例》；臺灣政治作戰學校新聞研究所碩士學位論文。

6. 林森鴻（1994）：《兩岸報紙互動關係之研究（1978～1992）》；臺灣私立淡江大學中國大陸研究所碩士學位論文。

7. 李郁青（1996）：《媒介議題設定效果的第二面向——候選人形象設定效果研究》；臺灣政治大學新聞研究所碩士學位論文。

8. 王天儀（1997）：《六四天安門事件後中共對臺政策之研究》；臺灣政治大學外交研究所碩士學位論文。

9. 孟廣宬（1998）：《中央通訊社大陸新聞部對大陸新聞處理之研究》；臺灣銘傳大學傳播管理研究所碩士學位論文。

10. 方美琴（1999）：《報禁後臺灣報紙報導大陸新聞之研究——以中國時報、

聯合報、中央日報爲例》；臺灣私立文化大學新聞研究所碩士學位論文。

11. 王大同（1999）：《報紙報導候選人新聞之形象設定效果——以 1996 年總統大選爲例》；臺灣政治大學新聞研究所碩士學位論文。

12. 陳建宏（2000）：《分析臺灣報紙對柯林頓／陸文斯基緋聞事件的報導——以中央日報、中國時報、聯合報爲例》；臺灣淡江大學大眾傳播研究所碩士學位論文。

13. 林淑如（2001）：《美國媒體對「特殊國與國關係論」報導之內容分析與立場傾向之研究——以紐約時報、華盛頓郵報、華爾街日報、洛杉磯時報爲例》；臺灣大學新聞研究所碩士學位論文。

14. 廖高賢（2001）：《天安門事件後的中國印象——以美國與臺灣爲例》；臺灣政治大學政治學研究所碩士學位論文。

15. 陳姿羽（2001）：《女性政治人物的報紙新聞再現——以呂秀蓮副總統爲例》；臺灣中山大學政治學研究所碩士學位論文。

16. 陳玲玲（2002）：《政黨電視競選廣告對政黨形象塑造之研究——以 2001 年立委員選舉爲例》；臺灣世新大學傳播研究所碩士學位論文。

17. 簡琬璧（2002）：《李登輝的報紙形象——以聯合報、自由時報爲例》；臺灣淡江大學大眾傳播研究所碩士學位論文。

18. 黃東烈（2002）：《臺灣民主化對黨營媒體經營影響之研究——以中央日報爲例》；臺灣世新大學研究所碩士學位論文。

19. 韋奇宏（2002）：《兩岸新聞採訪交流的結構與變遷（1979～2001）——新制度論的分析》；臺灣政治大學政治學系碩士學位論文。

20. 錢震宇（2003）：《檢視臺灣報紙兩岸政治新聞的脈絡與演變——以李登輝執政時期爲例》；臺灣淡江大學大眾傳播所碩士學位論文。

21. 郭婉玲（2003）：《兩岸新聞交流歷程之探索（1987～2003）》；臺灣中國文化大學中國大陸研究所碩士學位論文。

22. 張瓏（2003）：《新聞媒體在兩岸關係中的角色及功能》；臺灣淡江大學中國大陸研究所碩士學位論文。

23. 朱灼文（2003）：《社論的論證結構分析》；臺灣政治大學新聞研究所碩士學位論文。

24. 李祖舜（2004）：《擺盪在政治與事業之間：報紙政治記者對新聞實務與專業角色的認知》；臺灣政治大學新聞碩士在職專班碩士學位論文。

25. 謝青宏（2004）：《政府危機傳播之研究——以臺北市政府 SARS 危機傳播爲例》；臺灣世新大學傳播研究所碩士學位論文。

26. 朱唧唧（2006）：《民工形象的媒體再現研究》；蘇州大學碩士學位論文。

27. 路鵬程（2006）：《臺灣媒體中的大陸圖象——對臺灣主流報紙大陸新聞報導的內容分析與控制分析》；蘇州大學碩士學位論文。

28. 劉艾蕾（2007）:《蘋果日報讀者閱報動機與人格特質之研究——以臺北市為例》；臺灣世新大學新聞研究所在職專班碩士學位論文。

29. 古明章（2007）:《陳水扁政府與媒體關係之研究》；臺灣中國文化大學政治學研究所碩士學位論文。

30. 張哲溢（2007）:《臺灣主要報紙中小學教師形象之內容分析——以中國時報、聯合報為例》；臺灣佛光人文社會學院傳播學研究所碩士學位論文。

31. 李薇（2007）:《新聞報導中的大學生媒介形象》；江西師範大學碩士學位論文。

32. 鍾政儒（2009）:《2008 年總統選舉前後臺灣媒體對兩岸關係的建構》；臺灣國立臺灣師範大學政治學研究所碩士學位論文。

網　絡

1. 莊慧良（2003）:《大陸和兩岸關係新聞閱讀與讀者認知的分析——以政治大學和世新大學的大學生為例》；
www.jour.nccu.edu.tw/homepage/mpsuen。

2. 陸以正、皇甫河旺、張作錦:《陷入險境的臺灣新聞自由》；
http://www.npf.org.tw/Symposium/s93/920921-ns.htm。

3. 張先梁（2001.6.14）:《網絡科技對中國人權狀況的影響》；
http://www.asiademo.org。

4. 《偉大民族復興的道路選擇——論中國的和平崛起》；
http://news3.xinhuanet.eom/world/2004-02/17/eontent_1317011.htm。

5. 《「中國和平崛起」成熟門話題媒體披露產生過程》；
http://www.ehinanews.eom.en/n/2004-04-08/26/422973.html。

6. 臺灣行政院委員會:http://www.mac.gov.tw/indexl.htm。

7. 陳力丹（2005）:《中國海峽兩岸新聞交流的回顧與展望》；
www.mediachina.net。

外文參考文獻

1. Adoni, H. &Mane, S.（1984）. Media and Social Construction of Reality：Toward an Integration of the theory and research. Communication research. Vol.11.

2. Appleby, J.Hunt, L.&Jacob, M.（1994）. Telling the truth about history. Big Apple Tuttle-Mori Agency.

3. Barton, L.（1993）. Crisis in Organizations. Cincinnati：South-Western.

4. Bell A.（1988）. The Discourse Structure of News Stories. Approaches to Media Discourse. edited by Bell, A.& Garrett, P., Oxford, UK：ablackwell.

5. Bhabha, H. K.（1990）. Nation and Narration. New York：Routledge.

6. Entman, R. M.（1991）. Framing U. S. coverage of international news：Contrasts in narratives of the KAL and Iran Air incidents. Journal of Communication.

7. Gamson, W. A.（1992）. Talking Politics. New York：Cambridge University Press.

8. Giltlin, T.（1980）. The Whole World Is Watching. Beverly University of California Press.

9. Goffman, E.（1974）. Frame analysis：An essay on the organization of experience. Cambridge, MA：Harvard University Press.

10. Goldenson, R.M.（1970）. The Encyclopedia of Human Behavior：Psychology, Psychiatry and Mental Health. New York：Doubleday & Company, Inc.

11. Hall, S.（ed.）（1977）. Representation：Cultural Representations and Signifying Practices. London：Sage.

12. Isaacs, Harold R.（1975）. Basic Group Identity：The Idols of the Tribe. ed. Nathan Glazer and Daniel P. Moynihan. Cambridge：Harvard Univerity Press.

13. Lee Edwards（1984）. Media politic：How the Mass Media Have Transformed World Politics. USA：The Catholic University of America Press.

14. Lee, Chin-Chun（1993）. Parking a Fire：The Press and the Ferment of Democracy Change in Taiwan. Journalism Monograph.

15. Murray Edelman（1977）. Political language：words that succeed and policies that fail. New York：Academic Press.

16. Murray Edelman（1988）. Constructing the political spectacle. Chicago：University of Chicago Press.

17. Mills, Sarah（2002）. Discourse. New York：Routledge

18. Nimmo, D. & Savage, R.L.（1976）. Candidates and Their Images：Concepts, Methods and Findings. Pacific Palisades, Cal.：Goodyear Publishing Company Inc.

19. Pan, Z., & Kosicki, G.M.（1993）. Framing analysis：An approach to news discourse. Political Communication. Vol.10.

20. Pauchant, T.C.（1988）. Crisis management and narcissism：Akohutian perspective. CA：University of Southern California.

21. Pearson, C.M. & Clair, J.A.（1998）. Reframing crisis management. Academy of Management Review.

22. Ray, S.J.（1999）. Strategic Communication in Crisis Management：Lessons from the Airline Industry. Westport, CT：Quorum Books.

23. Samuels, F.（1973）. Group images：Racial, ethnic, & religious stereotyping. NY：NCUP Inc.

24. Smith, D.（1990）. The conceptual practices of power：A feminist sociology of power. Boston：Northeastern University Press.

25. So, Y. K. & Chen, Joseph Man（1999）. Press and politics in Hong Kong-case studies from 1967 to 1997：Dialectic of journalistic orientation. HK：Hong Kong Institute of Asia-Pacific Studies The Chinese University of Hong Kong.

26. Stacks, D.W & Hocking, J.E.（1992）. Communication Research. New York：Longman Inc.

27. Taylor, C（1989）. Source of the self：the making of modern Identity. Cambridge, Mass.：Harvard University Press.

28. Turner, John（1987）. Rediscovering the Social Group. Oxford：Blackwell.

29. Van Dijk, T. A.（1980）. Macrostructures〔M〕. Hillsdale, N.J.：Lawrence Erlbaum Associates.

30. Van Dijk, T.A（1983）. Discourse Analysis：Its development and Application to the structure of News. Journal of Communication.

31. Van Dijk, T.A（1985）. Discourse and Communication：New Approaches to the Analysis of Mass Media Discourse and Communication. Berlin, New York：de Gruyter.

32. Weeks, J（1990）. The Value of Difference. In Jonathan Rutherford（eds）Identity：Community, Culture, Difference. London：Lawrence & Wishart.

附 錄 一

編碼表

一、編碼員：□

二、編號：□□□□

三、日期：□□□□□□□□（如 20010428）

四、報紙類別：□

　　1. 中國時報；2. 中央日報；3. 自由時報；4. 蘋果日報。

五、新聞來源：□

　　1. 本報；2. 通訊社外電；3. 大陸媒體；4. 港澳媒體；5. 外國媒體；6. 其它。

六、新聞主題：□

　　1. 政治；2. 經濟；3. 軍事；4. 外交；5. 兩岸；6. 法律犯罪；7. 災難救助；8. 自然生態環保氣候；9. 醫藥公共衛生；10. 科技交通建設；11. 教育；12. 文化藝術娛樂；13. 社會百態；14. 其它。

七、新聞報導態度取向：□

　　1. 正向；2. 負向；3. 中立。

八：新聞報導方式：□

　　1. 消息；2. 社論、評論；3. 簡訊；4. 圖片；5. 專欄；6. 特寫或訪問；7. 投書；8. 其它。

九、消息來源：□

　　1. 政治機構或政府官員：1－1 大陸政治機構或政府官員；1－2 臺灣政治機構或政府官員；1－3 外國政治機構或政府官員。

　　2. 專家或專業人士：2－1 大陸專家或專業人士；2－2 臺灣專家或專業人士；2－3 外國專家或專業人士。

　　3. 軍警機構或軍警人員：3－1 大陸軍警機構或軍警人員；3－2 臺灣軍警機構或軍警人員；3－3 外國軍警機構或軍警人員。

　　4. 商業組織或商務人員：4－1 大陸商業組織或商務人員；4－2 臺灣商業組織或商務人員；4－3 外國商業組織或商務人員。

　　5. 社會團體或社團成員：5－1 大陸社會團體或社團成員；5－2 臺灣社會團體或社團成員；5－3 外國社會團體或社團成員。

　　6. 一般群眾：6－1 大陸一般群眾；6－2 臺灣一般群眾；6－3 外國一般群眾。

　　7. 新聞媒體：7－1 大陸媒體；7－2 臺灣媒體；7－3 外國媒體。

　　8. 其它。

十、新聞報導訴求方式：

　　1. 安全訴求；2. 恐懼訴求；3. 情感訴求；4. 支持訴求；5. 利益訴求；6. 一般訴求。

附 錄 二

類目定義表

新聞報導方式

類目名稱	定　義	例　句
新聞報導（消息）	凡新聞內文冠有「本報訊」或「記者 XXX 報導」等注明消息來源者。	【林妙容／臺北報導】陸委會主委吳釗燮美國行公開呼籲美國揚棄「沉默外交」，在大陸《反分裂國家法》制定前，與國際社會共同發出反對中國制定該法的聲音。吳釗燮的呼籲雖未獲得美國政府的正式響應，但據暸解，美國政府已透過管道向臺北表示，將在中國三月兩會開始之前，透過私下管道向北京施壓。 《蘋果日報》2005.1.28
社論、評論	針對某一事件或問題而發表含有議論評論的文章。如社論、短評，通常是以固定形式或名稱刊登在固定版面。	民進黨上臺以後，為了閃避兩岸關係，把所有的心力都給了美臺關係，以為只要美臺關係抓住了，所有問題都解決了。這其實是個非常錯誤的想法，也是非常偏頗的權力布局。須知，美臺關係固然非常重要，也沒有一個政黨執政，敢不重視美臺關係，但是美國終究不是臺灣，美國的利益和臺灣的利益也不可能百分之百重疊。　《中央日報》2002.1.9
簡訊	大約 100 字以內的新聞報導。	中國教育部昨天表示，大陸高校港澳臺入學考試於八月十五至十七日舉行；研究生入學考試在八月二十三至二十四日舉行。　《蘋果時報》2003.6.10
專欄	具有固定的版面，以作者個人名義為號召，發表各人意見的文章。	可以說，美國政府對目前臺灣總統選舉的情勢，是有種五點、六點的感覺，但不論誰當選，臺灣的民主政治繼續，兩岸的和平能維持，美國的利益不受影響，山姆大叔都是無可無不可的。傅建中美國觀點 《中國時報》2000.3.12

類目名稱	定　義	例　句
特寫、訪問	大量採用敘事、描寫、抒情等手法表現手法，詳細而具體地描繪事件發生的經過、發展過程或人物刻畫，在時間性上略遜於新聞報導。	【李志德／專訪】中國從二○○三年起提出「和平演變」的國家戰略，甫卸下國防部副部長的中國戰略專家林中斌接受《蘋果》訪問時指出，「和平崛起」是北京最新的大戰略，這個強調不稱霸、不靠軍事對抗方式，與亞太周邊國家達到和平共贏目標的方針，是一個經過充分論證、經各部門完整協調的戰略方針，對臺灣有深遠的影響。　《蘋果日報》2005.6.1
投書	以讀者個人身分表達意見、闡述問題的文章。	對流亡在外的西藏人而言，廿一世紀已經有了令人欣喜的開始。大寶法王逃脫中共控制，讓步全體西藏人多了活力十足、魅力四射的精神領袖。慈仁南迦／北市（臺大新研所學生）。　《中國時報》2000.2.10
圖片	以新聞照片或圖表為主的陳述方式，通常搭配簡短文字說明。	大批在城市工作、就學的大陸民眾春節前夕紛紛返鄉過年，這個稱為「春運」的時段，是鐵公路運輸的高峰期，車站車廂擁擠的程度只能以「嚇人」形容。圖為一列浙江開往貴州的列車，行李多到旅客得爬上椅背才放得下。　《蘋果日報》2005.1.28
其它	凡內容無法歸類者均屬之。	

新聞主題

類目名稱	定　義	例　句
政治	有關政治理論、政治制度（含法律）、政黨、輿論、政治團體及國際外交等主題。	中共總書記胡錦濤將於下月一日的中共建黨八十二週年黨慶上，發表有關推行黨內民主改革的重要講話，一名參與內部討論的共產黨高幹透露，胡錦濤講話的主要內容是「黨內民主、自由選舉、公開競爭和公開討論」。英國《泰晤士報》稱，這是「六四」以來，中共最重要的一次改革。《蘋果日報》2003.6.10
經濟	工業、商業、農業、財政、金融等主題。	大陸車市高成長，吸引國際車廠逐鹿中原，其中轎車市場成長率居冠，也是未來臺灣車廠和零件廠的商機所在。　《蘋果日報》2003.6.1
軍事	軍事活動、軍隊軍人、演習軍備、國防科技軍售、情報活動等主題。	繼中、俄雙方將在今秋舉行反恐演習印度海軍副參謀長德西瓦昨天證實，印度也將在今年稍後與中國舉行聯合海軍演習，這是近年來中印軍隊的首次聯合演習。　《蘋果日報》2003.6.28

類目名稱	定　義	例　句
外交	國際間的外交關係活動，包括高級官員的互訪、駐外使節代辦及武官的活動與談判等主題。	八大工業國高峰會議（G8加1）今天晚間將在法國溫泉小鎮愛維養揭幕，中國國家主席胡錦濤與美國總統布什的雙邊高峰會，也將登場。雙方將針對北韓核武問題、美伊戰後、中國北方工業公司對伊朗輸出武器技術及中美關係最敏感的臺灣問題，進行對話。胡錦濤可望向布什建議，再度召開中、美及北韓的三方會談。《蘋果日報》2003.6.1
兩岸	兩岸之間政治、經濟、文化等主題。	中國衛生部副部長高強昨天在吉隆坡聲明：「臺灣五名與會學者的名單都是先由世界衛生組織（WHO）提給大陸，經我們同意後，再透過大陸衛生部發送邀請函的。」立委高明見則手持「抗議」標語，當面向高強抗議：「我是臺灣代表，不是大陸代表。」《蘋果日報》2003.6.19
法律犯罪	各類犯罪事實與行為、犯罪防治、糾紛者等主題。	南韓一名擔任自由創作者的攝影師石在賢（譯音），因涉及協助北韓人逃亡海外，遭中國警方逮捕後並判刑兩年。今年五月二十二日，石在賢在聽完山東煙臺法院的判決結果後，不禁跌坐在地。南韓駐中國大使館發言人表示，石在賢可能獲得再次審判。石在賢目前未獲允許會客或接聽電話。《蘋果日報》2003.6.10
災難救助	天災如颱風、水災、地震；或意外事件如車禍、爆炸、火災等主題。	連日來，長江沿線大部分地區都遭到特大暴雨襲擊，四川、湖南、湖北、江西等地區紛紛傳出災情。新華社報導，長江防迅總指揮部再度發出緊急通知，未來兩三天，淮河流域至長江中下游地區還會出現大暴雨。由於許多河段已經超過警戒水位，水位還不斷上漲，為了避免發生潰堤，不少水庫已紛紛開閘泄洪。《蘋果日報》2003.6.28
科技交通建設	天文、物理、科學、計算機、移動電話、網際網絡、交通工具、公共設備、建築建設等主題。	世界上海拔最高的青藏鐵路，今年進入全面攻堅的關鍵年，迎戰全線海拔最高的唐古拉山。全長一千一百一十八公里的青藏鐵路，海拔四千公尺以上的地段就占九百六十五公里。修建這條鐵路的工人，面對高寒凍土及缺氧問題，他們要擁有最堅強的體力及意志力。踏上高原，所見的是，天似乎矮了，山似乎低了，不變的是刻苦地工作及孤獨的生活。《蘋果日報》2003.6.19
自然生態環保氣候	自然地理、氣象氣候、天然資源、環境生態、人口等主題。	望地興歎，甘肅旱情　　　　《中國時報》2005.6.19

類目名稱	定　義	例　句
教育	教育現狀、學術會議、研討會等主題。	面對即將到來的一年一度高考，中國大陸部分省市「高考移民」，還沒考試卻已經大學夢碎。大陸許多省市為保障當地考生，限制外來考生報名資格，使得這些考生即使再回鄉，也要面對來不及報考的窘境。《蘋果日報》2003.6.1
醫藥公共衛生	醫院、藥品、疾病預防與治療、食品檢驗、公共衛生等主題。	新疆省一名疑似 SARS 病患日前死亡，成為新疆第一位可能因 SARS 死亡的病例。這起個案，引起中國政府高度關注，對於被外界形容已經陷入「防疫麻痺狀態」的新疆而言，無疑是一記警鐘。《蘋果日報》2003.6.1
文化藝術娛樂	展覽、競賽、宗教、文化參訪、影視娛樂等文化或藝術性事務等主題。	在全球風靡數年的美國國家廣播公司（NBC）影集《六人行》FRIENDS（大陸譯《老友記》），因大陸媒體界吹起一股衛道風，引進的大陸中央電視臺考慮刪掉有關「性」的話題，播出「清純版」。但此舉使央視計劃播出的時間被迫擱置。　《蘋果日報》2004.1.19
社會百態	日常生活、人情趣味、休閒生活、社會問題、人為災害等主題。	湖南一名下崗女工為騙取高額保險金，竟串通一個名醫開出假證明，謊稱自己得到癌症，為了掩飾謊言，甚至還忍著痛苦接受化療。但最後這起詐騙案還是被識破，下崗女工不但吃上刑責，身體也因為化療造成難以彌補的傷害。　《蘋果日報》2003.6.19
其它	凡無法歸於上述者均屬之。	

新聞報導態度取向

類目名稱	定　義	例　句
正面	以肯定、支持、讚揚的立場報導。	兩岸體育交流在 2001 年由北京奧運‧炎黃之光——海峽兩岸長跑活動，譜出美麗的榮章，展望兩岸的體育交流應在互信、互利的基礎上，撇開政治化的意識形態，進一步的增加彼此瞭解，共創兩岸榮景。《中央日報》2001.7.1
負面	以否定、反對、暴露其弱點或黑暗面的立場報導。	中國政府機構臃腫、效率低落、行政成本是全世界最高等缺失，早為人所詬病。大陸學者表示，去年中央某事業單位「市場化」，有關部門竟花了一百億元人民幣（約臺幣四百億元）「改革費用」。《蘋果日報》2003.6.10

類目名稱	定　義	例　句
中立	報導事實，不表示支持或反對的立場報導。	香港《文匯報》報導，中國與香港「更緊密經貿關係安排」（CEPA）簽字儀式，將於本月三十日下午在香港舉行，中國國務院總理溫家寶與香港特區行政首長董建華將簽署此一協定。屆時包括中國商務部長呂福源、香港財政司長梁錦松也將在協議書上簽字。 《蘋果日報》2003.6.28

新聞報導訴求方式

類目名稱	定　義	例句
情感訴求	強調民族情感、骨肉血親、歷史淵源等情感報導。	佛光山開山宗長星雲法師致信徒「臺灣本來沒有臺灣人，都是從中國各省渡海而來，都是臺灣人，也都是中國人」的一封信，讓朝野對宗教界的角力浮上臺面。 《蘋果日報》2004.1.1
恐懼訴求	強調軍事、政治、社會不安定、國家經濟衰退，人民生活貧窮落後、素質降低的報導。	依據美方信息，三二〇後幾個月，臺海關係確實一度有戰爭的可能；不過陳水扁總統發表五二〇演說後，未造成中共疑慮，情勢已趨於緩和，但「誰也不知道危機是否已經解除」；二〇〇六年會否有戰爭更難料，更何況中共正傾全國之力，進行以經濟打壓臺灣。 《中國時報》2005.5.20
安全訴求	強調安定、依賴、保障、無恐懼憂慮、有秩序等報導。	在全世界經濟不景氣中保持一枝獨秀繁榮景象的中國大陸，面對二〇〇二年的來臨，顯現出自信與歡欣鼓舞的情緒。許多北京市民利用難得的三天假期出外旅遊，更多北京市民參加了市區的種種倒數計時及商家拍賣活動，而北京市東城區也從今晚十一時五十七分開始，恢復了沉寂近百年的「暮鼓晨鐘」活動。 《中國時報》2001.12.31
利益訴求	強調實質、明顯的利益者，如通商、投資、捐款、服務、方便等報導。	大陸車市高成長，吸引國際車廠逐鹿中原，其中轎車市場成長率居冠，也是未來臺灣車廠和零件廠的商機所在。　　　　　《蘋果日報》2003.6.1
支持訴求	利用讀者「大家都同意」的觀點呈現，並以塑造典型藉以支持本身的論點，爭取「認同支持」的報導。	副總統連戰昨天強調，兩岸關係進展的關鍵，在於中共如何調整其一貫的居高臨下姿態，只要中共宣佈放棄武力犯臺，同時接受雙方在對等立場進行對治或政治協商談判，相信兩岸走向和平，達成雙贏的目標，可以期待。　　　　　《中國時報》2000.1.1
一般訴求	凡無法歸類於上述者均屬之。	

附　錄　三

臺灣地區大眾傳播事業赴大陸地區採訪拍片製作節目管理辦法

　　中華民國八十二年七月二日行政院新聞局（82）強綜三字第一二〇六六號令訂定發佈中華民國八十二年十二月六日行政院新聞局《82》強綜三字第二三六二九號令修正發佈第七條、第十條、第十五條、第十六條：並刪除第六條、第十九條條文

　　中華民國八十五年二月七日行政院新聞局（85）強綜三字第〇一六五八號令修正發佈全文十三條

　　第一條　爲管理臺灣地區大眾傳播事業赴大陸地區採訪、拍片及製作節目，特訂定本辦法。

　　第二條　臺灣地區大眾傳播事業赴大陸地區採訪、拍片及製作節目之管理，除法令另有規定外，適用本辦法之規定。

　　第三條　本辦法所稱節目，係指廣播電視節目、廣告及錄像節目。

　　第四條　本辦法之主管機關爲行政院新聞局。

　　第五條　港九電影戲劇事業自由總會股份有限公司會員赴大陸地區拍片者，應向該公司報備，並取得證明。未依前項規定辦理者，主管機關得不受理其電影片檢查之申請。第一項報備文書格式，由港九電影戲劇事業自由總會股份有限公司定之。

　　第六條　赴大陸地區拍攝之電影片或製作之節目，其內容不得有下列情事：

　　一、違反電影法、廣播電視法或其它相關法令規定。

二、刻意表現代表中共之圖志或使用簡化字者。但因內容或劇情需要，不在此限。

第七條　大眾傳播事業赴大陸地區採訪、拍片或製作節目，得與大陸地區人民、法人、團體或其它機構共同為之。其涉及出資行為者，應依相關規定辦理。

第八條　電影事業赴大陸地區拍片，雇用臺灣地區及第五條第一項所稱會員之電影從業人員擔任編劇及導播（演）者，不得少於該電影片編劇及導播（演）人數二分之一；擔任主角及配角者，各不得少於該電影片主角及配角人數二分之一。無線廣播電視事業、有線電視系統、有線電視節目播送系統、廣播電視節目供應事業赴大陸地區製作戲劇節目，雇用大陸地區人民擔任編劇及導播（演）者，不得逾該節目編劇及導播（演）人數三分之一；雇用臺灣地區及大陸地區以外之人民擔任編劇及導播（演）者，亦同。其餘編劇及導播（演），應雇用臺灣地區人民擔任。

前項事業赴大陸地區製作戲劇節目，雇用大陸地區人民擔任主角及配角者，各不得逾該節目主角及配角人數三分之一；雇用臺灣地區及大陸地區以外之人民擔任主角及配角者，亦同。其餘主角及配角，應雇用臺灣地區人民擔任。

第九條　前條事業於大陸地區及臺灣地區以外之國家、地區拍片或製作節目，雇用大陸地區人民擔任編劇及導播（演）、主角及配角者，准用前條規定。

第十條　赴大陸地區拍攝之電影片及製作之非新聞節目進入臺灣地區時，應由主管機關核驗其內容。

第十一條　赴大陸地區拍攝之電影片或製作之節目於送審時，應檢附受雇人員數據表（如附件）。

第十二條　大眾傳播事業拍攝之電影片或製作之節目，有未依第六條至第九條規定辦理之情事者，主管機關得依相關法令賣令修改、徑予刪剪、禁演、禁播或禁止發行。其有濫用、刹竊、側錄或購買大陸地區電影片節目輯入其拍攝之電影片或製作之節目者，亦同。主管機關事後發現電影片或節目有前項情形者，得撤銷原核准。

第十三條　本辦法自發佈爾日施行。

關於臺灣記者來祖國大陸採訪的規定

　　大陸國務院臺灣事務辦公室於十二月二日修訂發佈了「關於臺灣記者來祖國大陸採訪的規定」，將自二〇〇三年一月一日起實施，「規定」的全文如下。二〇〇二年十二月二日「國務院臺灣事務辦公室」發佈：

　　第一條　爲方便臺灣記者進行新聞採訪，加強海峽兩岸新聞交流，以加深兩岸人民的相互瞭解，促進兩岸關係發展，推進祖國和平統一進程，特制定本規定。

　　第二條　申請到祖國大陸採訪的臺灣記者，是指正常出版和發布新聞的臺灣地區報社、雜誌社、通訊社、廣播電臺、電視臺等新聞機構的記者、編輯（包括攝影、錄像人員等）。

　　第三條　臺灣記者的採訪工作由國務院臺灣事務辦公室（以下簡稱國務院臺辦）主管。

　　第四條　臺灣記者須提前 10 個工作日提出採訪申請。申請跨省、自治區、直轄市和來北京市採訪，由國務院臺辦新聞局受理、審批；申請至其它地區採訪，國務院臺辦授權的各省、自治區、直轄市、深圳市人民政府臺灣事務辦公室和新疆生產建設兵團臺灣事務辦公室受理、審批。臺灣記者申請時應逐項詳細填寫「臺灣記者回大陸採訪申請表」，並加蓋公章。經審批同意後，持國務院臺辦新聞局或各省、自治區、直轄市、深圳市、新疆生產建設兵團臺辦簽發的「臺灣記者審批同意書」傳眞件辦理入境手續。採訪時間每次一般不超過一個月。

　　第五條　臺灣記者憑《採訪證》採訪。臺灣記者到北京市採訪，憑入境證件到中華全國新聞工作者協會（以下簡稱申國記協）申領《採訪證》。到他省、自治區、直轄市以及深圳市、新疆生產建設兵團採訪，憑入境證件到所在省、自治區、直轄市以及深圳市、新疆生產建設兵團臺辦申領《採訪證》。臺灣記者獲准進行跨地區採訪，憑入境證件到採訪第一站所在的省、自治區、直轄市臺辦或深圳市、新疆生產建設兵團臺辦申領《採訪證》。《採訪證》爲一次性證件，逾期作廢。臺灣記者每次進行採訪活動均應主動出示《採訪證》。

　　第六條　臺灣記者採訪，由中國記協或各省、自治區、直轄市以及深圳市、新疆生產建設兵團臺辦負責接待。接待單位應先將採訪內容告知被採訪的單位和個人，徵得其同意。

　　第七條　臺灣記者採訪應按批准的採訪計劃進行。延期採訪需向原審批

單位提出書面申請、說明理由，獲准辦理延期採訪手續後方可進行採訪。臺灣記者在北京市採訪而要求增加採訪項目時，向中國記協提出申請；在其它地區採訪需要增加採訪項目時，向當時所在採訪的省、自治區、直轄市及深圳市、新疆生產建設兵團臺辦申請。

　　第八條　臺灣記者因採訪需要攜帶廣播、電視、攝影等器材入境，應持中國記協或各省、自治區、直轄市以及深圳市、新疆生產建設兵團臺辦開具的「器材通關批准書」和保函向海關申報，辦理進境手續，並於出境時原物如數帶出。違者，由有關部門照章處理。

　　第九條　臺灣記者採訪應當遵守新聞從業人員的職業道德，進行客觀公正的報導，不得歪曲事實，製造謠言，或以不正當的手段採訪報導。

　　第十條　經批准進行正常採訪活動的臺灣記者，受國家法律保護；同時必須遵守國家的法律、法令和有關規定，不得進行與記者身份不符的活動。以探親、旅遊等名義入境，未按規定辦理採訪手續和未領取《採訪證》的臺灣記者，不得進行任何形式的採訪活動，如有違反，將由主管部門見情節經重給予警告等相應的處罰，觸犯法律的由有關部門依法處理。

　　第十一條　本規定由國務院臺辦負責解釋。

後　記

　　生命是一個又一個過程，多少感慨化爲記憶，而感恩的心卻無法言明，此情難捨此心難表！

　　感謝所有一路與我同行的好人們！

　　感謝先生孫日輝一以貫之的支持與理解，從未讓我感受生活的壓力，而讓幸福常隨。也許我對生活的理解還淺薄如井底之蛙，但我眞正處於一種理想狀態：一邊享受著學校生活的單純，一邊品味著家庭的幸福。

　　感謝母親的寬容，爲我照看幼兒，免我後顧之憂，你的心情因我而起伏不定，讓你擔心了，無需多言，母愛亦如山。

　　感謝兒子培霖，他與此書一同成長，是他的常伴左右情深意長，才有了我繼續寫作的動力與源泉。

　　感謝花木蘭文化出版社爲兩岸文化交流所做的努力與堅持。

　　只因我的心是高高低低的風鈴，叮嚀叮嚀，此起彼落，敲叩起一個人的名字。

於澳大利亞墨爾本

癸巳蛇年四月